世界少年经典文学丛书

坎特伯雷故事

[英]乔 叟 著

尹丽丽 编译

中国出版集团 现代出版社

图书在版编目(CIP)数据

坎特伯雷故事／（英）乔叟（Chaucer,T.）著；尹丽丽编译. —北京：现代出版社，2013.2

ISBN 978 - 7 - 5143 - 1301 -7

Ⅰ.①坎… Ⅱ.①乔… ②尹… Ⅲ.①短篇小说 - 小说集 - 英国 - 中世纪 Ⅳ.①I561.43

中国版本图书馆 CIP 数据核字（2013）第 021770 号

作　　者	乔　叟
责任编辑	李　鹏
出版发行	现代出版社
通讯地址	北京市安定门外安华里 504 号
邮政编码	100011
电　　话	010 - 64267325　64245264（传真）
网　　址	www.xdcbs.com
电子邮箱	xiandai@cnpitc.com.cn
印　　刷	三河市嵩川印刷有限公司
开　　本	700mm×1000mm　1/16
印　　张	9
版　　次	2013 年 2 月第 1 版　2021 年 8 月第 3 次印刷
书　　号	ISBN 978 - 7 - 5143 - 1301 -7
定　　价	29.80 元

序　言

　　孩子是未来的希望，是父母心中的天使，是充满快乐的精灵。小学阶段更是孩子最快乐的时光，是孩子成长发育的黄金阶段。为了让孩子学习更多的课外知识，享受更加丰富的学习乐趣，我们策划了本丛书！

　　从小让孩子多读课外书，对培养孩子健康的心态和正确的人生观无疑将起着非常重要的作用。自《语文课程标准》公布以来，不少富有敬业精神、有才干的教师，在他们的教学中，担当起阅读教育的重担。他们在严谨的选材中，利用丰富的文学资源，向学生推荐了大量优秀的课外读物，实施了以"练成阅读和作文的熟练技能"为重要内容的阅读教育。大千世界充满了丰富的知识。阅读能丰富小学生的语文知识，增强阅读能力，提高写作水平，开阔视野，增长智慧。阅读本丛书，能够使孩子享受到阅读的快乐，激发起更浓厚的阅读兴趣，孩子的生活将充满新的活力与幸福！本丛书精选了世界名著和中国经典书目中流传最广、影响最大、最脍炙人口的作品，是培养小学生理解能力、记忆能力、创造能力的最佳课外读物。

　　最后需要指出的是，本丛书把世界上流传甚广的经典童话、寓言等也尽收其中，并将这些文学作品重新编写审订，使作品在不影响原著的基础上更适合少年儿童阅读，在丰富他们课余生活的同时提高语言和文字表达能力。本丛书通过科学简明的体例、丰富精美的图片等有机结合，使小读者不仅能直观地领略作品的精髓，而且还能获得更为广阔的文化视野和愉快体验。希望本丛书能成为孩子生活的一缕阳光照亮孩子前进的道路，能成为一丝雨露滋润孩子纯净的心灵。

编　者

目　录

引　言

坎特伯雷故事由此开始

　　当四月的甘霖渗透了三月枯竭的根须，枝头涌现出花蕾；当东风吹拂，山林莽原遍吐着嫩条新芽，太阳充满了青春活力，已转过半边白羊宫座，小鸟展开了美妙的歌喉，他们通宵睁开睡眼，自然的力量促使他们仰慕四方名胜，即使是游僧也不例外。尤其在英格兰地方，他们前进的目标是坎特伯雷，去朝谢他们的救病恩主、福泽无边的殉难圣徒。

　　有一天，我在伦敦南岸的萨克得克的泰巴客店里落脚，欲到坎特伯雷朝圣。傍晚，客店中来了二十九位形形色色的朝客，结成了旅伴，一起去参加坎特伯雷的盛会。客店的空间足够大可以使我好好地睡一觉。夕阳西沉，我已同每人相交谈，约定了一齐早起出发。我希望在讲故事以前，我暂抽一部分时间，谈谈一些简要情况。他们是些什么人物，属于哪一个社会阶层，衣着如何。现在我将先讲一个武士。

　　这位武士品德高贵，自从他最初乘骑出行，坚持奉行武士道精神，以忠实为上，推崇正义，知情达理。为了他的主子，他十分英勇，几十年征战疆场如一日。不论是在基督教国家境内或在异教区域，他都义无反顾，到处受人尊敬。他直接参与了攻破亚历山大城的战役；在普鲁士他坐过许多次首席，位居他国武士之上；他曾多次在立陶宛和俄罗斯作战，他曾在立陶宛和俄罗斯参加战事，他又参加了格拉那达围攻阿给西勒的战役，在柏尔马利亚他曾纵横驰骋；他也参加了攻打列斯和阿达里亚的战争，在地中海岸许多次登陆的大军中也有他一个。他戎马一生，参加过十五次大战，他为维护基督的尊严连续三次作战，三次都使敌人战死。许久以前，他还在帕拉希亚君王征伐另一支异军的战役中立下汗马功劳。没有一次他不争得盛名。他一生善良真诚，无愧为一个真正完美的武士。讲到他的装备，除了马稍微华丽一些外，他身上的衣着却不华丽，只穿一件被全部甲胄擦脏的斜纹布衣，他是刚作战归来，随即参加了朝圣的行列。

他的儿子和他同路，也是一个年轻活泼的战士，看上去还是一个风流公子。他满头的鬈发。他年纪不大，大约是二十岁，身材匀称，看上去十分灵活而富有膂力。他曾参加过几次比较大的战役，为时虽短，但成绩斐然。他很想博得意中人的爱慕，他穿的衣服上缀着许多红白花饰，好像一片开满鲜花的园地。他整天吹吹唱唱；浑身充满了年轻的气息，像五月的天气一样新鲜。他那短褂张着两只袖，又宽又大。他很善于乘骑，能画会写。他热情地求爱，他乐于助人，懂礼貌，谦卑，连进餐时他都要帮他父亲切好盘中的肉。

他们带着一个乡士，这个武士并没有带其他的仆人。他所穿的外衣和兜帽是绿色的，手拿大弓，皮带下一束明亮尖利的箭。他头发不长，脸呈棕褐色，懂得怎样照料所带的武器。他经常佩带剑、盾和短刀。胸前一块闪亮的圣克立斯多弗银像，肩带上挂着号角。他善于林中行猎，是一个十足的林猎者。

此行的队伍中还有一位女尼，女修道院院长，她的微笑天真而腼腆，她的名字叫做玫瑰夫人。一到星期天，她就会用悦耳的声音唱出美妙的歌曲，她讲得一口文雅的斯特拉福修道院里的法语。她学了一套道地的餐桌礼节，进餐也十分讲究，从不让人发现逾规的瑕疵。不容许小块食物由唇边漏下，一切都做得那么合情合理。她最讲礼貌。真是一个温文尔雅，举止柔和的人物。她的宫闺礼节学得很好，行为庄重，令人起敬。她天生一副菩萨心肠，一只小鼠挟上了捕机，她都要放声痛哭。她喂养的小狗吃的是烩肉，牛乳和最佳美的面包。如果它吼了或者挨了别人的打，她也会大哭一场。她富于情感，一副柔肠。她的口、眼睛、鼻子都能打动每一个人的心。她的身材不能算矮小了。她的外衣也十分雅洁。臂膀上的一串念珠别致新颖，串珠上挂有一只金质的饰针。最有特色的是其中一个珠子上刻着一句"爱情战胜一切"的字样。

另有一个女尼是她修道院中的副手，以及三个教士，都是和她一起的。

此外有一个修道僧，他身材魁梧，喜欢打猎，很有男子汉气概，当得起一个僧院院长。他骑马时，马缰上的铃在啸风中叮当，那声音宛如教堂里的钟声，悦耳动听。他要追逐新异的事物。他认为书上说猎人是不圣洁的，这话丝毫不值得考虑，当有人污蔑修道者时，他就把他们的脏话当做是放屁。我认为不要总是呆在僧院里，要亲手劳动。他只对打猎感兴趣，跟紧着猎犬像飞鸟般迅速。他的一切消遣都寄托在骑马和打猎这两件事上，也不怕为此挥霍。他的头锃亮，像个灯泡，脸上也闪着光，似乎擦了油一般。两只眼像两个锅炉，射出火光，他的猎衣很有讲究，非常有个性，都是国内最高档的。鞋靴是细软的，棕褐色的马也有十足的傲态。他是个不同凡响的僧侣，绝不是一只苍白的瘦鬼；红烧肥天鹅是他的最爱。

有一个游乞僧，在他的限区以内游乞，他讲的话在四个教团中很有分量。他曾自己花钱为好几个女子结配成婚。他是教团的中流砥柱！在他乡里他是小地主们面前最受喜爱最熟悉的人，在城里的富婆中他的号召力也令人不敢小觑。他当一个忏悔师比任何牧师都有资格，因为他得到了罗马主教的特许。他听忏悔时十分和蔼，只需要一顿饭的代价，他就让人悔过了。他认为谁能捐助一个穷困的教团，就可以赦免。谁出钱，谁就悔罪。因为多少人心肠奇硬，通常不悲伤，只是去送银子得到心灵的宽恕。他的巾袋里盛满了刀针之类，可用作淑女贤妻的赠品。他唱歌起来嗓子悦耳，提琴拉得也很好，唱歌曲竞赛时他一向取得头奖。他体格强壮，比得上一个拳击冠军。城里客店的老板与他关系很好，酒排姑娘都是他的熟人，但他从不理睬疯子、女乞丐之流。他的地位是何等重要，岂能与这一类人打交道呢？有利可图他才毕恭毕敬，大献殷勤。再找不出这样能干的人了，他在修道院中也是有头有脸的人。他每年付出一笔钱，以免旁人侵犯他在各路所独占的权益。即便有寡妇穷得揭不开锅，只要他引用《约翰福音》，就能把她打发掉，结果在他离开之前还是拿到了他所要的钱币。我认为，他讨乞的收入往往是一笔巨大的资金！在调停案件的裁判日，他的作用就更不言而喻了，他在当事人之间殷勤地进行调解，从而获得更多钱财。因为他并不像守院僧或穷书生那样披着褴褛的袈裟，而看上去更像一个大学生或红衣教士。他讲话时咬着嘴唇，发音含混不清，以为可以使他的英语说得好听，他有时边弹边唱，他名叫胡伯脱。

还有一个商人，留着八字胡须，穿的是花色衣服，头戴华贵的帽子和脚蹬高档的鞋子。他夸大着自己的见解，为的是谋取利润；维护海上安全，他知道如何在交易场上卖金币。他很善于精打细算，会讨价还价，谁也不知道他有债务在身。他是个人才，但我不知道他的大名。

有一个是牛津的学者，深谙逻辑学。他的一匹马瘦得像一把铁耙，他不胖不瘦。他衣衫褴褛，不懂世事，也不喜欢弹奏。惟一的爱好就是买书、看书，他算得上是一个哲学家，他的钱匣里找不出金子来！他的钱全部用来买书了。为了那些帮他求学的人们灵魂得救，读书是他的生命。不需要讲的话他一字也不讲，即使需要讲时，也是意义深远，一字千斤，他的一言一行都闪烁着道德的火花，在一切之上，他所喜爱的就是学与教。

有一位律师，善于辩驳的，是一个杰出的人物，常去参加法学界的讨论。他聪明、审慎，获得所有人的推崇，在每个人心中，他的谈吐煞是精辟。他当过巡回法庭的法官，受到皇家的委任，特准裁判所有性质不同的案件。他渊博的学识为他带来很高的报酬。他的才能高超，一副产业任凭它附有何种条件，取得绝对利益，谁也找不出任何差错。他忙得不可开交。每一件法案判例他都记得清楚，他的契据上谁也找不出任何差错；他外出时，装束平凡，衣服的布料是杂色的，至于他的形象我就不赘述了。

同他一起旅行的是一个自由农，胡子泛白，脸红彤彤的，看上去很热情。他早餐时最爱吃酒泡面包。他是一个伊壁鸠鲁的信徒，他一生寻乐，把快乐当做幸福。他的面包和酒都是最上等的，每次吃饭都少不了大盘的鱼面糊，是人所能想到的美味他都吃尽了。他喂养着许多的肥鹧鸪，鱼塘里养了很多鲷鲈之类。他的饮食随着季节变化。他的厨师如果烧出的汤不够辛辣，不够浓烈，器皿摆放得不整齐，他必定要大动肝火。他在审判开始时，他主持会议，十分威严。他多次代表州里做议员。他腰带边挂着一把短刀，还有一个很白的绸囊。他当过州官和辩护律师；他可算是小地主中的佼佼者了。

另外有帽商，木匠，织工，染工，和家具商，和我们一路同行，穿的是同样的服装，都来自名声显赫的互助协会。他们的佩饰都很鲜明。他们带的刀是银质的，挂袋莫不整洁精巧，看上去都像好市民，可以在议事厅上坐居高位。他们个个精明能干，不愧是互助协会会长，而且收入颇丰。他们的妻子一定不会反对，除非他们有所差缺，否则，那应是一庄称心的事！向导是个穿华贵的外套的人。

他们带着一个厨师同路，负责他们的饮食起居。他对于伦敦酒最内行！他的烹调技术是一流的，又善于烤饼，他的碎烧圈鸡很好吃的。可惜的是，他的小腿上生了一个大疮。

还有一个船手，从遥远的西方来；据说，他是达得茂斯人。骑着一匹小马，身穿粗毛长袍，袍子好像快要掉了下来，一把刀挂在他的围颈的绫带上一直拖到腋下。他的皮肤被晒成了棕色，他是一个“好手”，他偷喝盲人们的酒。在大海中航行，如果同旁人打架而占了上风，他就什么也不顾了，他把他们扔下水。讲起他的本领，谁也没有他掌握得多。他有勇有谋。他的胡子记录着他在风浪中的漂泊沧桑。所有从瑞典的哥得兰到西班牙的非尼斯特角的海港，留在他的脑中的记忆永远是那么鲜活。他的船叫摩德伦。

同我们一起的有一个医生，在医药外科方面的才能数一数二，他看好了时辰，用星象学来给病人诊治。他懂得每一种病的来源。他是妙手回春的医士。与他的药剂师配合得很默契，因为他们彼此是互利的；他们的友谊已经很长时间了。古来著名的医学家，他都知道。他很讲究自己的饮食，《圣经》他读得不算多。他的衣服通常是红色和浅蓝色。他饮食节制，从来不乱花钱。他最爱黄金，因为它是医药的兴奋剂。

从巴斯附近来了一位好妇人。她有些耳聋。她擅长织布，而且技术高超。在她的教区中，她总是走在前面去捐献，她的巾帕是细料的；鞋子又软又新，鲜红色的袜子紧紧地缠在脚上。她一脸傲态，皮肤红润干净。她一生煞有作为；她曾五次出嫁，耶路撒冷她去过三次；渡过很多大川河流，朝拜过部罗涅和罗马的教堂，还去了加里西亚的圣地牙哥和科隆。她走遍各地，见多识广。她头缠围巾，戴着一顶帽儿，穿着一条很肥大的骑裙，脚上一双尖头马刺。在人群中她很能谈笑，而且善于治疗相思病，因为她是个过来人。

有一位好教徒，是一个穷牧师，功高德重。他是一个有学识的人，一生致力于宣传基督教，虔诚地教导着他的教区居民。仁慈、在困苦中异常勤勉和忍受是他的人生坐标。他从教堂捐献中或自己的产业里拿出钱来接济穷困的教民，却不求报答。他的教区辽阔，他从来没有一次缺勤。不论是雷是雨，就是生病的时候也照常布道。在他的教区中，他以身作则，然后教导其他人。这句话他摘自《圣经》，假如他自己腐败了，就谈不上获得别人的信任了，其牧师必须自己纯洁，而羊群才干净。牧师必须自己纯洁，给群羊做为人的模范。他决不会让群羊陷进泥潭，领一个圣堂祷唱的悠闲职位，他始终留守羊群，为他们挡去外界的伤害。他并非唯利是图的商人，他只是一个牧师，他有圣洁善良的一面，也有忍耐的一面，他从不嘲笑那些罪恶的人，却对于他们也耐心说服，循循善诱。他用自己的言行对他们进行潜移默化的教育，但遇到怙恶不悛的人，不论是什么出身，他责骂起来很严峻。恐怕很难再找出像他这么好牧师了。他不爱浮华，不爱奉承，全部的精力放在多传播一点使教徒走上正道的道理上。

他有一个同伴是他的兄弟，曾做过淘粪的工作。他是个忠实的劳动者，时刻都在想着为上帝服务。他无时不全心全意敬爱上帝，他对谁都一视同仁，也严格按照有关规定交付什一税。他穿的是一件农民的斗篷，骑的是一匹牝马。

此外还有一个管家，磨坊主、教会法庭差役、赦罪僧、伙食经理和我自己。

　　磨坊主是一个健壮的人，喜欢炫耀他的臂力，在任何地方参加角力比赛他总夺得冠军。他个头不高，很壮实。没有一扇门他不能举起，有时他能用头去撞开门。他的胡须同牝豚或狐狸的一样红，两只鼻孔既黑又大，他饶舌不休，满嘴淫话。他懂得怎样偷麦，擅于搜刮面粉的数量，他穿一件白色上衣、蓝色兜劲，腿边挂着一把刀和小盾。他的笛子吹得不错，就是他的笛声伴着我们送出城来。。

　　还有一个伙食经理。在伦敦法学院采办伙食，他购买起来十分精明，人虽粗俗，但在经营方面竟然比学者都聪明，他的三十多位主人都是好学的占便宜专家。

　　管家是一个瘦小而有脾气的人。胡子剃得很光，头发也都剪得短短的，像教士一般。他两腿干瘦，如同两根棍子。他善于处理谷仓，任何查账能手都瞒不过他的眼睛。他却善于处理谷仓，能预计出今年的收成情况。主人的牛、羊、猪、马、家禽、酪坊，都由他一手统管，从他的主人二十岁时起，他就替认帐务弄清，没有一个执事或牧人能在他的面前玩得出什么新鲜花样。他的住宅像一幢别墅。他致富有术，比他的主子高明，他的积蓄很多，善用各种手段讨主人高兴。所送、所借的都是主子的原物，他根本就没有动用自己的积蓄，还加上了一两件衣袍。他壮年时曾做过木匠。他从诺福克州来，离仓兹和尔州市镇不远。他穿一件蓝色长袍，一把锈刀在手，骑着一匹名叫司答脱的矮马。他的上衣拦腰叠起，像一个游乞僧，他老是骑着马走在最后头。

　　我们一起还有一个教会法院差役，长脸火红，满头脓疮，眼睛只剩下两条线，睫毛上长满了痂。他热情，好色，他面容恐怖，完全可以用来吓唬小孩子。他那白点的疹，颊上的瘤，任何烈性清洗剂都无法除掉。他最爱吃大蒜、青葱，他喝的烈酒像血一样红，喝完就又笑又闹，像个疯子。酒后他专说拉丁语，他能用两三个句子，大家都几乎可以背下来了，你知道一只饶舌鸟听久了之后，如果谁要再多问一句有关情况，他就答不上来了。他是一个好心眼的痞子，我从未见过一个更温良的人，只要有酒，他就让给朋友，而同时他自己也可以照样去欺骗旁人！如果找到意气相投的人，他就大加指导，除非他把灵魂藏进了钱包，去嫖娼之前不必害怕主教的诅咒，你的钱包就是主教的地狱，但我明白他又在胡说八道了。他当场撒谎，无异于把人往生命的绝路上推去。在他所管辖的地区以内，他也很有一套处理女人的本事，他明了她们的心事，因此就当她们的顾问，那荣耀和酒店的头牌没有什么区别，手里带的面包可以当作盾牌来用。

同他在一起骑行的有一个赦罪僧，可能来自伦敦龙斯服修道所，这次刚从罗马教廷回来。他和法役是生死之交，赦罪僧高唱一首赞扬友谊的歌曲，法庭差役以坚强的低音伴唱着。这个赦罪僧脖子很细，没有胡子，所以显得白皙光滑，我想他很象一匹牝马或阉马。他披着腊黄的头发，像光滑的黄麻披散在两肩上。除了一顶小便帽外，头上没有东西，便帽上还缀着一块圣弗龙尼加的手帕，他认为这才是最新的装束。他的眼睛不停地闪烁。他是出来游逛的，没有戴上兜颈，就把东西放到佩囊里。佩囊里面装满了刚从罗马带回的赦罪符。说起他的职业来，从柏立克到威尔找不出第二个同样的赦罪僧。他的口袋里有一块圣母的面巾。有一个镶有许多假宝石的十字架，还有一只装着许多猪骨头的玻璃杯子。他带着这些宝贝，在穷乡僻壤碰见穷牧师，就施展起他的伎俩。他满嘴甜言蜜语，欺诈诡谲，哄骗了无数牧师乡民。他总算是教会里一个可贵的教士；他在读史传或教文时非常出色，尤其在献金之际，他是唱得最好的。因为他知道唱完之后，他们还需要他教，如此一来，才好尽量搜罗银两，因此他放声高歌。

现在我已简略地阐述了这一群人的职位、服装和人数，以及他们为什么要聚集在这里的原因。现在应讲到我们在那天晚上，到了店之后，我们做了些什么事，然后再叙述我们在途中的情况，以及朝圣等等。首先请各位原谅我据实而言，我讲过的每一句话以及每个动作表情，都是当时情景的再现，我尽量不走样，我想这是每个人都明白的一个道理，否则，他就得撒谎，或假造一套，编造其它的词语。我从不修饰他们的姿态神情，即使讲的是我的亲兄弟，他必须一字一字挨次说出来，就连基督在《圣经》里也这么讲，你们很明白这不是下流。柏拉图的书告诉我们：说话是行为的兄弟。如果我在这里未能给予每个人物所应有的地位，敬请大家原谅。我的能力有限，相信你们能理解。

我们的客店老板欢迎众人，用店里最好的蔬菜了。酒是浓烈的，我们很喜欢。老板是一个漂亮人物，举止不凡，当得起一个宴会上的司仪，的确有大丈夫气概！在奇白赛街市上再没有比他更好的市民了。晚餐完毕，我们付好帐，他就开始谈笑起来。"呵，各位嘉宾！欢迎你们来到我的小店用餐。我很想找些取乐的事，然后一个不花一分钱就能可以博得大家高兴，最终蹦到我的脑袋里了。你们去坎特伯雷，上帝照顾你们，那幸福的殉难者适当地酬报你们！我知道你们一定会在路上讲故事，因为一路骑着马不做一声，像石头一般，无聊至极，因此我要为你们制造乐趣。如果你们大家愿意听我的话，我愿把我父亲之灵当作明证，明天你们乘骑而去，一定个个高兴，否则我宁愿杀头。现在举手表决！"

我们不用多加思索，举手同意了，请他讲出他的道理来。

"各位，"他说，"请大家仔细听我说，同时请你们不要存心小看。简单说，就是你们在途中讲故事消遣，回来时再讲两个，可以讲任何故事。哪一位讲得最好，等再从坎特伯雷返回来时，由大家合请晚餐，就在这儿，就在这同一地点。为了能让你们愉快，我很乐意和你们同行，我来承担旅费，就由我当你们的向导。谁若违反我的决定，就赔偿一切途中用费。如果你们同意，就直截了当地说出来，我立刻准备同行。"

我们一齐赞成，保证遵命，请他照办，并且请他做我们的总指挥，总裁判，总事务长。大小事情都交给他调度。于是，酒喝完后，大家都去休息了。

次晨破晓时分，老板早早起身，做了我们大家司晨的雄鸡，让我们聚集在一起。我们乘骑出动，步伐轻快，来到圣托马斯饮水处。这里，老板勒住了马，说："现在开始履行昨晚的诺言，且看哪一位该讲第一个故事。谁先讲呢？不管结果怎么样，反正谁违反了我的话，就得赔偿这笔旅费。

"趁大家还没有走远，请先来抽签。谁抽到最短的一根签就第一个讲故事。武士先生，我的主子，"他说，"请你抽一根，以此类推，再往前走，女修士，学者先生，不要害羞，快来抽签，大家快来抽。"

每人都抽了签，结果，武士抽到那根最短的签。大家见了都很高兴，他必须讲故事，这才是道理。这位武士只得服从。他说，"既然我是第一炮，我就要一炮打响。上帝在天，让我拿到第一根签子！请大家向前进，竖起耳朵了！"

我们听他讲，边骑马向前走去。他兴致勃勃地讲起他的故事。

武士的故事

武士的故事由此开始

古书告诉我们，雅典有一位君主名叫希西厄斯，在他那个时代，他的智慧无人能比，并且还拥有显赫的霸雄地位。在他的统治时期里，他征服了许多富庶的国家，其中有一个叫西希亚的亚马孙女人国。这个国家的的领土横跨亚洲和欧洲两大洲。这个国家不允许男人居留，故名"女人国"。他娶了她们的女王易宝丽塔，顺便带来了女王美丽可爱的妹妹爱茉莱。一路前呼后拥，军队在胜利的歌声中昂首前进。这样我们暂且放开这位高贵的国王，让他和他的娇妻骑向雅典，神采奕奕，无比风光。

假定不是诸位会嫌太长的话，我会向你们仔细描述雅典人和亚马孙人之间展开的英勇之战；讲述英勇的希西厄斯是如何英勇地战胜女人国；说明白健美的女王易宝丽塔如何陷入重重包围之中；她的婚宴，和她回来时的喧嚷热闹。但我这里不便细说，要知道，我不得不节省时间，我还有大片园地等待耕耘，我的耕牛早已累得疲惫不堪了，何况，我不愿多占了诸位同伴的时间；我缩短时间可以留给各位讲述自己心中的故事。让每一个人都可以讲他的故事，看看谁讲的故事最维妙维肖，能赢得一顿晚餐。好了，言归正传，让我接着讲下去。

这位国王凯旋荣归。在城边的路上，他们碰到一群穿着黑服的妇女。双双跪在地上，凄惨地哀号着。那哀号声听得鬼神也惨兮兮的。她们不肯停止，还企图抓住国王希西厄斯的马缰绳。

希西厄斯怒喝道："你们是什么人，竟敢在我喜庆荣归之日来哭泣骚扰？阻止我进城？战争胜利了，难道你们不高兴吗？还谁得罪了你们？统统交代清楚，看你们是否可赦免，你们为何穿黑衣呢？"

她们中间最年长的一位开言。可她未启唇，就昏厥过去。她脸色发白，回道："仁慈的君王，幸运照顾了你，您赢得凯旋，您战功显赫，世代称雄，当然不是你的荣誉使我们哀悼。我们请求您的仁慈之心普降甘露，拯救我们的灾厄！给我们这些命比纸还薄的苦命人施恩。事实上，我们原来没有一个不是后妃贵妇，现在却变成了阶下囚，敬谢命运和她那欺人的旋轮，任何荣禄都是过眼烟云。君王呀，在这所救世女神的庙中，我们已经苦等您有半个月之久了，现在求你援助我们。"

"我这哭诉求情的可怜人，我本是肯本尼斯王的王后，在那可诅咒的一日！我那可怜的夫君死在希白斯。我们这些在此哀哭乞怜的人都已丧失了我们的夫君，他们都在希白斯被老克列翁围攻的时候，战死在杀场。此刻，可怜哪，老克列翁统治着希白斯，他们残暴凶狠，任凭我们夫君的尸体堆放在荒郊野外，不予埋葬或火焚，任风吹雨打。再怎么说，他们应该把我们夫君的尸体深埋或焚化。"讲到这里她们都低伏着头，痛哭不止，齐声哀求说："望我们的伤痛可以打动您仁慈的心肠，望你恩顾我们这班可怜人！"

这位高贵的君王听了这番话，不禁悲从中来。从马背一跃而下，扶起这些凄惨的贵妇们，他哀伤得心肠都要破裂，用良言暖语来宽慰她们那颗颗受伤流血的心。众所周知，西希厄斯本是一个正直的武士。暴君克列翁灭绝人性，他死亦应得。于是他发了一誓，说他一定要替他们伸冤解仇，严厉惩罚克列翁。西希厄斯能扶持正义，也正是希腊人民所要世代传颂的丰功伟绩，他不愿再走近雅典一步，而是立刻进军希白斯，乘势直取希白斯。他派人先将女后易宝丽塔和她那年轻美貌的妹子爱茉莱送到雅典居住下来，然后指挥自己的部队，雄赳赳、气昂昂地杀向希白斯。那天晚上，他们就在征程中休息住宿。

这位常胜的君王就这样骑行前进，领导着自己的武士精英，战旗迎风招展。阳光闪耀夺目，手持矛和盾的战神马尔斯在他的白色大旗上射出光芒。旗边挂下金色长旒，好生华贵，上面缀着人身牛首的明诺陀，这是他在克里特杀死这怪兽的纪念，将其挂在金色长旒上，以此为纪念。他们径直来到希白斯。国王希西厄斯下了马，认为这里可以一战。我就要简单地提一下接下来的恶战了。他本是公正的武士，经过几个回合，希西厄斯当场就杀了克列翁。又攻下城池，一鼓作气，攻打克列翁逃散的部下。他将那些贵妇们夫君的尸骨归还了她们，摧毁了城内所有的房舍。言简意赅，一直是我们的本意。至于贵妇们如何哀悼号哭，我就不再详述，依照当时的葬仪举行了丧礼，焚烧了尸骨；以及如何向这位高贵的战胜者表达自己的尊崇，如何同他告别诸如此类的情节。这显耀的君王杀了克列翁，攻取了希白斯之后，当天晚上在战地住宿了一宵，按照自己的意愿，全权处理希白斯国的国事。

在战争失败之余，人们在尸体之中搜索着尚可使用的缰鞍衣饰那时他们在尸堆里看见两位青年战士，伤痕累累，血肉模糊。他俩紧靠着躺在地上，躺在满是尸体的地上，两个人既未死绝，也不全活。司纹章的官仔细地察看了两人的盾纹服装，一望而知是希白斯皇家两姊妹之子。接着，两人被小心地抬到希西厄斯营幕中来，听其发落。希西厄斯令手下将二人立即送入雅典，不接受任何救赎。这君王将这件事办了，立刻就率领军队，荣归雅典。他头戴着花冠，正是战胜者应有的气概。这里我就不再赘述希西厄斯回国后的愉悦和荣耀。那两个可怜的希白斯皇家两姊妹之子，一个叫阿赛脱，一个叫派拉蒙，却幽闭塔中，忧郁苦痛，那弥足珍惜的自由与他们无缘了。

日子就这样过去，一天又一天，一年又一年，就这样流走了。一个五月的清晨，故事发生了。五月的天气是容不了懒睡的人的，天刚破晓，爱茉莱就起了床，穿戴得整洁。她美得让人找不到任何词语来形容。她的美色胜过那绿枝上的白铃兰，五月的鲜花比不上她的清新，她的两颊可以同玫瑰争妍。啊，上帝啊，你真是太偏心了。我不知道，花容、人面，两者之间哪一样更美。爱茉莱那颗敏锐的柔心，从睡眠中把它唤醒，因而她就早早起身，说道，"起来，来奉献你自己罢。"向那满是露珠的青青纤草、向那满是花蕾的朵朵艳花……爱茉莱想要向五月致敬，特意换上了新装，编起金黄色的头发，紧垂在肩头背后。太阳初起，她已在园中走上走下，随意采摘着园中的各色花儿，做着精妙的花环戴在头上；在朝阳柔柔的抚摸下，在和风暖暖的亲吻下，她欢快地唱着圣洁优美的歌曲，像天使一样。

两个武士被禁的囚狱——阿赛脱、派拉蒙的古塔与爱茉莱散步的花园仅一墙之隔。这塔本是堡宅的一部分，厚实而又坚固，让人感到压抑。那悲苦满怀的囚人派拉蒙已起身，求得守吏的许可，照例在高楼踱步眺望，呼吸一下清晨澄澈清冽的空气，清晨的空气澄澈，日光明亮，可是明媚的阳光驱散不了囚人派拉蒙满心的乌云。他自己诉着冤苦，好多次喊着，"呀，为什么天生下了我！"但是老天也依旧像平常一样，对他诉的冤苦置若罔闻。那楼窗满插铁栅，每一根铁条粗而方，像屋椽一样。他窥视着雄伟的全城，蓦然间，他的视线偶然投射在爱茉莱身上。他的心好像被针刺痛了一下，叫一声，"啊！"他呆住了。阿赛脱被叫声惊醒，问道："我的表哥，你怎么回事了？发生什么事了；有谁伤害了你？为什么如此苍白着脸，像是要死的样子。为了上天的爱，囚禁狱中还有什么办法，我们除了忍耐，别无他法。这是上天给我们的厄运：星宿中射出那光，还是受到土星的不良影响？总之是命中注定，我们有牢狱之灾。这份苦难，我们无法逃脱，诅咒也没用。我们出生时，天体就那样排列着；我们的办法也只能是忍受。"

派拉蒙立刻答道，"表弟，老实说，你的这个想法也太消极了。我刚才的惊叫其实是刚才我的眼里中了伤，那份痛苦直达心底，痛得要死，那位女郎的美是我叫苦的根源，而并不是这牢狱之灾。那女郎在园中游荡，我不知她是人、还是神，我但愿她是爱神维娜斯。"接着，他就跪下祷道，"维娜斯啊，要是你真来到人间，显示在我眼前，那就恳请您帮助我这个可怜虫逃出监狱。如果天命限定了我，只有死在狱中，求你施恩于我的族裔，我们愿承受下来这世间所有的暴力，别再让他们受罪了。"

阿赛脱听他说着，也望见了园中的美女爱茉莱，她的美容使他也痛上心来，他所承受的痛苦看来并不比派拉蒙轻，可能更重些；他也不停的叹息和倾诉："啊，在那边散步的女郎呀，你已经击中了我们的心。假如我不得她的怜悯和恩顾，我宁愿死去。"

派拉蒙听他讲完，怒目对着他，他盯着阿赛脱问道："你不是在开玩笑吧？"

"当然是真话，天晓得，"阿赛脱说，"我是认真的！她是那么美，是上天眷顾我，我哪里还有心思开玩笑呢！"

派拉蒙紧皱眉头，说道："此话当真！这对你不能算是光荣，我是你的兄长并且立誓要诚心诚意做你的兄长，不管发生什么，你何能欺骗我，背叛我；还记得我们之间曾立下的誓言吗？我们发誓，直到死去，虽受酷刑而死，我们也不会为了爱情或其他别的关系而互相争夺吵嚷。亲爱的弟弟，我们有言在先，你应该事事为我着想，反过来你应事事竭诚助我，当然，我也应该这么做。当然也是我所立下的誓愿，我绝不违背，我深信你决不敢翻悔的。既然如此，你不该骤然背信，爱上我深爱的女郎。你要明白这位女郎是我的心爱，直到我的心死为止。再说是我先爱上了她，并且把我的痛苦告诉了你。作为曾发过誓的我忠实的朋友，你就应该明白朋友妻不可夺，认为你是立愿助我的一个兄弟。你更应该协助我获得她的芳心。你若不这么做，你怎能算得一个武士？你就是个背信弃义的卑鄙小人！"

阿赛脱傲慢地回道："怎么是我背信弃义，背信弃义的人是你！你就是一个负心人。为什么是你先爱上了她，我在你之先。你爱的不是她，而是神。你的感觉是属于神灵一类的，和我们人间真实的爱毫不相干。你刚才还说不知道她是神、还是人。这个你总不能否定吧！而我所爱的是一个人。你既然是我的兄长，就该有兄长的样子。我把你当做姨兄，结拜的哥哥，因而才对你和盘托出我对她的爱。就算是你先爱了她，难道你就忘了那睿智古人的一句话'法律不外乎人情？'以我的头颅为证，爱情才是芸芸众生所认为的至高无上的法律。因此人类一切律令都为了爱情而每天被人破坏，世间众人，君主也好、平民也罢，都会为了爱情来破坏世间所存的律令。爱也不是可以一死了之的，不论你所钟爱的人是青春少女，或结过婚的，或是寡妇，爱绝不是一下子就能说明白道清楚的。而且，因为你知道得很清楚，我们俩是无法用赎金来买回的永世囚徒，就算我们都爱她，你也不见得此生能蒙受她的盼顾，你做不到，我也不能。我俩就像两只狗抢一块肉骨头，整天你争我夺，却一无所得。总有那么一天，正当两狗抢得认真，忽然来了一只苍鹰，从中掠去了那块骨头。而两只狗呢，除了望望天空中苍鹰留下的飞翔的痕迹，还剩下什么呢？所以，在皇家宫廷之中，人人为己，人人自保，你要爱就爱，我爱我的，我不会放弃。老实说，亲爱的哥哥，我们还被关在牢狱里，连自由也没有，还是各听命运的指引罢。"

　　我没有工夫来多讲他们之间旷日持久的争执，现在且说到主题上来！一天，君王倍罗希厄斯来探望自小的伴友，雅典的君主——希西厄斯。老朋友相访，这本是常有之事。说起两人之间的友谊，甚于任何世上的人；如果其中一个人死了，可以毫不夸张的说，他的好友甚至可以去地狱寻找，这样的情谊古书中所载甚多，但这类的事我不想多谈。事有凑巧，君王倍罗希厄斯竟是阿赛脱的旧友新知，多年前就在希白斯相识、相知、相契。经过倍罗希厄斯的请求，希西厄斯终于同意让阿赛脱重新获得自由。除却下面我所要说的一个条件，为了他的权威不受侵害，假如在他此生中，无论白天晚上，都不允许阿赛脱出现在希西厄斯国的土地上。如果发现他在希西厄斯国境之内，那么君王就绝不宽恕，就要砍他的头。无奈，阿赛脱答应了这个条件，他只好辞别回乡。要知道，他的小命已经握在别人手里了。

　　此时阿赛脱只得叫苦！他悲痛到甚至想要自杀。他哭泣呼号："天哪！你怎么这样待我，我还不如在牢狱里呢！我已永远被打进了下界，永世不得脱身。我为什么认识了倍罗希厄斯呢？那样就可以继续呆在希西厄斯的囚狱里，那样我才是有幸福，虽然她并不知道我的存在，但我只要能看得见她就很好了。啊！派拉蒙，在这件事上，你战胜了我。居住在狱中多么幸福啊！在狱中么？不是，简直是天堂。命运为你掷下了好骰子，让你能经常看着她，而我却没有这个福气。你既靠近她，你又是一个有勇有谋的武士，说不准哪一天你时来运转，凭着近水楼台先得月，你还可以达到愿望。而我呢，我的心连同我的肉体已经完全死掉了，我已没有福分，没有希望。我只能绝望忧郁地死去。无论是水、火、土、气，哪一成分所造成的生物，都无法让我重新获得生机！我只得绝望忧郁而死了；永别了，我的生命，我的快乐所在。啊！人们承受了许多超乎自己能力所及的福分，却还要埋怨上天或命运没有护佑他们，这是什么道理？怎么会这样呢？一个人想发大财，而因此就酿成了他丧命或灾病之源。另一个人却在出狱后惨遭仆人的暗杀。这里有数不尽的风险，却不知我们还在此强求些什么。我们同一只醉鼠一样昏聩！醉汉明知他有一个家，不知如何走回家去，他知道家的方位。我们在这世上的行径就是如此。我们不顾一切地寻找快乐，而事实上我们常走错了路。满以为跑出了牢狱，就幸福了，就十分快乐，谁知最后却是幸福、快乐从生命中溜走。我既再不能见你，爱茉莱，我就如同行尸走肉，再也没有什么办法可以挽回了！"

在派拉蒙一方面，得知阿赛脱获得自由后，他悲号不已，他的愤怒声充斥着古塔的每一个角落，他腿上的铁镣都被他那苦泪浸湿了。他怒吼道："啊！阿赛脱，你可知道，不管我们曾经如何争吵，我们争吵的结果是你得胜了，你现在再也不会体会到我的痛苦了，你此刻可以在希白斯自由了。你是那么聪明，那么能干，可以会集我们所有的亲友来攻打这个城邦，打也好和解也好，你完全可以将她娶到家中。而我却只得为她而死。那时，你拥有自由和地位，我却惟有死在囚笼。上天啊！为什么只有痛苦看中了我，与我形影不离。难道你觉得我承受的折磨还不够深、不够重吗？我活一天，就只好哀哭着一个囚徒的厄运！"他的脸色愈来愈青，像白杨或灰烬一样。忌妒的火在他胸中燃烧，时时刻刻袭击着他那脆弱的心房。

一会儿他又说道，"啊！上苍你真是不公呀，在石板上刻下了你的法律和谕旨，世间的一切都在你的控制之下，人类受你的管辖，难道不像胆怯的群羊一样吗？人同任何走兽一样被屠杀着，并且幽禁在暗无天日的牢狱之中，动弹不得，或者病倒，或者受苦受难。有多少生命何其无辜啊！天理何在？这样磨折着无罪的人！兽类可以为所欲为，人必须服从天命，为了神他必须压制他的意愿，真让人寒心！一个人就算在人世间已经受尽了数不清的折磨，死后还须哭泣悲吟。而兽类的烦恼随着自身的死亡也就烟消云散了！人世间的事就是如此，这些问题留给那些神学家吧！不过我很知道，这人间充满着愁苦！我见过蛇、虫、贼子、害了许多好人，他们仍可以自由来去。我碰上了星宿的邪魔和天后的妒火，注定受这牢狱之灾，希白斯的嗣业也都给扫尽，希白斯的嗣业也都为此毁于一旦。同时，维娜斯嫉恨我，因为她害怕阿赛脱，因为她嫉恨我。"

说到这里，我将放下派拉蒙，让他幽禁狱中。现在让我讲一讲阿赛脱的遭遇。

夏天过去了，漫长的黑夜只会倍增情人和囚徒的痛苦。我不知哪一个比较起来更为痛苦！聪明的有情人，你猜一下，派拉蒙和阿赛脱，哪一个更痛苦？简要回顾一下他们的概况。派拉蒙已命定了永禁牢狱，注定要死于铁链桎梏；而阿赛脱被逐，永世不得返回爱茉莱所在的城邦，因而再也见不到他心爱的人，否则的话他只有被处死。他们两个，一个每天都可见到他的爱人，但却必须永禁囚牢，无法与她接触、相识。另一个可以自由行动，却永远也见不到自己的心上人。聪明人，谁更苦一些，你们意下如何？好吧，让我把故事继续下去。

第二部开始

阿赛脱到了希白斯，常年叹息不已，日夜焦虑。因为他再也见不到他的意中人了。人世间的过去或未来，没有一个人会有这么多的愁痛。他不思饮食，不能入睡，就这样煎熬着，人比一支箭还要枯瘦。他的眼睛陷落，看去好可怕，脸色苍白。他老是独自一人，一整夜一整夜的哀嚎不止。听见歌声、管弦声他就要哭个不停。他一天天地衰弱下去，旁人虽听得他的话语声音，可却认不出他是谁。他的神志无定，他不但受尽了爱神的折磨，并且在他脑海中郁结成气，使他疯疯癫癫的。总之，这位惨痛的情种，习惯和性情已经完全和过去不同了，就像变了个人似的。

　　我何必整天的讲他的愁苦呢？日复一日，阿赛脱在希白斯忍受了这一两年的磨难。后来有一晚他在床上睡觉，他梦见了长着双翅的默格雷，嘱他鼓起兴来。他手中撑着一支催眠杖，亮晶晶的头发上戴着一顶帽子，站在他面前，鼓励他振作起来，鼓励他："你去雅典，到了那里，你的难日可告结束。"阿赛脱想起他当初给巨人阿格斯催眠时，就是这个姿态。

　　阿赛脱听了这话，兴奋地跳了起来，他道："不论任何代价，我都要去雅典。我一定要冒死去看一下我的女郎，我爱她，我为她服役。我不怕断送我的生命。"说完，他拿过镜子一看，看见自己的脸色已改，面容已完全换了样。他为此而窃喜，暗想既然疾病改变了他的样子，他就可以借机改头换面，很可以降低身份，住进雅典城中，岂不每天可能见到他的心爱！又可以不被人察觉，这真是两全其美的大好事！一刻也等不及了，于是他马上换上一套苦力所穿的服装，带上一个侍从，令他同样扮做穷人，顺着捷径之路直奔雅典城而来。有一天他来宫廷门口，任劳任怨，做着最下贱的苦役。谁都可以使唤他。他是召之即来，挥之则去。不久之后，他由爱茉莱的管家那里得到工作，这位管家可是一个精明的人，知道谁可以做得一个好仆役。现在的阿赛脱年轻力强，体骨魁梧。他能劈柴，能担水，听使唤，一个人可以干两个人的工作。他这样劳作了一两年之后，阿赛脱被提升为他的心上人爱茉莱的家僮，他自己改名为弗洛斯屈雷脱。阿赛脱如此俊美，又很能讨人欢心，无人能及，人人对他赞赏有嘉。他们都说希西厄斯应该眷怜他，提升他的职位，那才可以用其所长，不该埋没人才。就这样，对他的好誉传遍宫中，希西厄斯真的重用了他，破格升其为自己内室的家僮，他所得的收入也足够维持应有的地位。与此同时，他还从家乡人那里获得私下带来的粮食，年年不缺；没人知道他还有这样一笔收入，而这笔钱款他背地里用于正途。三年的时光就这样过去了，阿赛脱是那么幸福。谁都知道，不论是有战争，或是和平的日子，希西厄斯对他的爱惜超过任何一个人。

　　我们再来看看派拉蒙：七年的岁月，谁还有派拉蒙那样在黑暗笼罩的大牢里承受双倍的创痛：爱情使他癫狂！愁苦使他惶恐！他是一个囚徒，整整七年啊！那份苦难消蚀着他、折磨着他、困扰着他！谁能以诗句谱出他那受难之苦呢？因为我没有这份诗才，因此只得轻描淡写，由他过去。

现在是第七年了，五月的第三天晚上，派拉蒙在午夜过后，在朋友的帮助之下，逃出了监狱。原来事先他曾给守牢者吃了麻醉剂，麻醉了守牢的看守。这种酒可以使看守通宵不会醒来，喝了之后，即使有人捶打也不会醒。就这样派拉蒙逃离了监狱，尽快地跑出城来。真不知派拉蒙的出逃是幸运，还是命定，正是古书里所详载的，谋事在人成事在天嘛！那天晚间很短，就算派拉蒙在奋力飞跑，黎明也即将照例到来。他必须找一个地方躲藏。他小心地移动着步伐，终于躲藏在一座森林里。简单说来，他预计在这林中可以躲过一天一夜，然后再返回希白斯，再设法到那里去请求亲友帮他向希西厄斯开战；总之，他是破釜沉舟，无论如何也要同爱茉莱完成良缘。就是为此付出生命也在所不惜，何况胜算还是有的。

现在我再回到阿赛脱，幸福无比的阿赛脱无论如何也不会预料命运的风向瞬息万变，命运又要把他陷入罗网了。

又过了一年，五月清晨，他心中激荡，从所住的希西厄斯宫中骑马出发，火一般地驰出宫廷，飞到一两里路外的郊野。旭日上升，东方放出光辉，阳光照在路边的树林里，绿叶边滴滴银露都晒干了。在晨光中，那勤劳的百灵，预报着天明，召唤着还未醒来的世间万物。阿赛脱独自消遣，不时拐进这座树林，摘些忍冬或山果，摘着嫩枝做成绿圈。明媚阳光让他不禁放声歌唱：

> 五月，你开着花朵，长着绿叶，
> 你将受到欢迎，鲜美的五月，
> 我今天愿染些媚人的绿色。

他怀着轻松的心情跳下马来。在明媚的阳光下，真应该缓缓而行才对。他跳下马来，走进森林深处，小径里回荡着他的歌声和他那均匀的脚步声。提醒大家一下，那里派拉蒙恰正躲在一丛矮树后面，他生怕被别人发现。此时他十分害怕，阿赛脱的歌声越来越近，他却全不知道这就是阿赛脱。但多年前曾有一句老话是这么说的：

田野有眼，树林有耳。

一个人最好稳重处世，料想不到的巧遇是往往可以发生的。当然，阿赛脱是无论如何也不会料到在附近的矮丛中表弟派拉蒙正一言不发地隐藏着，默坐在丛树后面，听得见他的一言一语。

恋爱中的人情绪容易波动，时而升起树颠，时而降落荆丛，时起时落，如井中的吊桶。阿赛脱游荡、愉快地唱过了歌曲，突然沉默了下来。恰如星期五这一天，有时会晴空万里，有时会阴雨绵绵。那多变的维纳斯就这样摆弄着人们的心。阿赛脱默默地坐了下来，他道："啊！我生何不幸！希白斯城还剩下多少时间？加德默斯和恩菲茫传下的贵裔已被你践蹋殆尽了。加德默斯是我的祖先，他首创希白斯，并成为我们国家的开国国君。我就是他直系嫡传，却不幸成了不世之仇的奴仆，而我还做着他的一个可怜的家僮。为何现在还不放过我，迫我用新名弗洛斯屈雷脱来代替我的原名阿赛脱。啊，凶残的马尔斯！啊，上苍！只剩下了我，和那倒霉的派拉蒙，我们的亲族早已被你们的愤怒所吞噬。他还在受着希西厄斯的摧残，永禁牢狱。而我呢，还要承受爱神的折磨。在这一切之上，爱神还射出火箭，我那炽热真挚的心房，早已被爱神之箭射穿，那密集的火焰穿过我的真实殷切的心房，啊！我是命中注定难逃脱了，我，我是命定要死的了！啊，爱茉莱，你是我致命之源，你那美丽的眼睛早已杀死了我。其他一切思虑都是不值一文的。啊，爱茉莱，我只为你求安乐。"说到这里，他晕倒了许久才醒。

派拉蒙躲在林子中听完了阿赛脱的一番告白，此刻似乎觉得有一把冰冷的刀骤然刺进了他的心，气得浑身发抖。他再也按不住了；像疯了一样从树丛中跳了出来，脸上像死的一般苍白。他气愤地说到："阿赛脱，你这个毫无信义的小人，现在你被我发觉了。为了我们的心上人，我吃尽了人世间的痛苦，而你却说你爱她！我们不仅是亲兄弟而且还发过誓。这些话我都对你说过，而你却无动于衷，而你却欺瞒着希西厄斯，改姓换名，侍奉着仇敌做主人。现在不是你死，就是我亡。只有我才能爱我的心上人，没有旁人的伤，这当然也包括你。我，派拉蒙，就是你的死敌，就算我手中没有任何武器，但我相信，天照看我让我逃出了牢狱，我就有权利让你做出如下选择：你不是被我当场杀死，就是远离我的心上人，不再爱她。你自己选择，反正你逃不出我的手掌心。"

阿赛脱把他认得清楚，听到他这一番恼羞成怒的话后，狂怒填胸，像猛狮一样拔出了佩刀，说道，"天上的神为证，是你先挑起战争的，我是不会放过你的。你既身无刀枪，凭什么能逃出这片树林，凭我的勇猛，你一定死我手中。就算我们曾经立过誓，要受誓约的束缚，我现在就推翻。你这个混蛋！你知道爱情是自由的，你无权来阻止我爱她！不过，这里且接受我的誓约，我是一个好武士。你愿为她而决一死战，我决不负言。我以我的武士尊严向你保证，明天我必来此原地，带上充足的甲胄刀枪来到此地。你可选择好的，剩下坏的留给我，我决不会食言。今晚我还送饮食给你，保证你冻不死饿不死。如果在这林中还是你将我杀死，爱茉莱归你，我也就无话可说。"

派拉蒙答道，"我同意。"他俩立了誓，分了手，等待着另一个清晨，另一个血腥的清晨来临。

啊，爱神维纳斯，你全无怜悯之心！你只知独自霸占你的领地。一句老话说得真不错，爱情和霸主却永远不可能成为朋友，这个道理阿赛脱和派拉蒙也可领会了。

次晨天犹未晓，阿赛脱秘密地装备好两套武装，足够他俩在野外一战之用。他备好装备，独自一个人，骑上马背，来到林中约定的地点，与派拉蒙碰头。来到林中，于指定的时间和地点，眼看一场恶战马上要开始了，眼见他俩脸色都变了。这种情形酷似在色雷斯国境之内的猎人与凶猛的动物对峙的情形。一个猎人在林中提着枪矛，迎隙站立。听见他走近，那凶猛的熊或是狮子冲过林间，连枝带叶，闯落下来。猎人心中考虑着：我的敌人马上就要来了，不是他死，就是我亡。如果我不能冲过隙地把它杀死，我就得遭殃。这时，兄弟二人的情形就是这样。两人的脸色确已变了。暴风雨来临，再也不需要打什么招呼，不多一句话，用不着炫耀一下自己的武艺，先是像好兄弟一样，却彼此帮着穿戴起甲胄，十分有礼貌，一切准备停当，一场厮杀不可避免。然后运用尖锐坚强的枪矛，双方你来我往，厮杀了许久。你可以想象在这场战斗中，如果说阿赛脱就像一只猛虎下山，派拉蒙就像一只狂狮。这场搏斗就像两只野猪在交战一样，口喷白沫，怒气冲天；那鲜红的血甚至淹没了他们的脚脖。这里我丢开一头，再来讲讲君王希西厄斯。

　　命运之神，人世间的主教，一切祸福都有他严格地主宰着。世人虽发誓违抗，无论这种违抗是对还是错，只要经过相当年月，才发现上帝的旨意仍然如实地发生了，千年之中难得重逢。事实上，上天主宰着我们人世间的一切嗜欲，是战是和，是爱是憎，没有一件不由上天守视。我是有感而发，自有希西厄斯的事为证。希西厄斯一生中最爱打猎。尤其在五月天气，这时，野兔在林中四处追逐，他最大的乐事就是亲自打杀野兔，会使他欣愉许久。他崇信战神马尔斯之余，还崇敬猎神苔恩娜。每逢晓光照到床边，他就会起床，穿好衣服，准备带着猎户、号筒和猎犬奔跑在前。

　　我已说过，两兄弟选择激战的这一天恰好天气晴朗，适合打猎。希西厄斯带了他的美貌的易宝丽塔和穿着绿色衣装的爱茉莱，骑马出猎。他来到林中，相隔不远之地藏着野兔，直冲向前，过了小溪，径往林间那些野兔躲藏的空地。这位君王发号施令，猎犬一次又一次地搜索着野兔。他到达隙地，抬起手遮挡炙热的太阳。这时，却发现前面派拉蒙和阿赛脱二人正在酣战，那闪亮的军刀舞来舞去，好生可怕，随手一下就可砍断坚强的橡枝。这一切都被君王希西厄斯看见了，但他不知这两人是谁。他架马向前，驶入两人之间，抽出刀来喊道："住手！不准再进行武斗，小心头颅！我再看见你们动一下手，就处他死刑！我用马尔斯来做证。但告诉我你们是谁，为何在这里争斗？这争斗好似在皇家决斗场上一般，只是为什么没有中介人作证呢？"

　　派拉蒙立即答道，"我们两个本都是该死之人，何用我多讲呢？你既然是公正的君主和证人，不必再加以眷怜，两个厌倦了自己生命的囚徒，生命有什么值得珍惜的。但请先杀了我，那才是你开恩；然后再杀死我的这个伙伴，或先杀他，因为你有所不知，这个人就是阿赛脱，已被你明令逐出国境，以头颅作质的阿赛脱，所以他也是死有应得。他也是犯了欺君之罪。他就是求乞于你门前的人，弗洛斯屈雷脱，他一直用这个假名欺骗了你这么久。你把他擢升为主僮，他却还一直暗恋着王后的妹妹爱茉莱。我全部招认，反正我的死期已经到了。那个曾施用了诡计，逃出囚牢的派拉蒙就是我。我也热爱着明媚的爱茉莱，而我却正是你的阶下囚。因此请你赐我一死，我愿死在爱茉莱的眼前，用爱来终结我的一生。但请把我这伙伴也同样处死，这样的结局都是我们罪有应得的。"

这位国王立刻答道："在我看来，你已判处了自己的罪，你自己口中供认，已判处了你们自己的罪，就不用公开受刑了！我马上做出如下判决：有红色的马尔斯在上，你们俩都是死罪，立即处死！"

王后却一副温柔的心肠，听罢判决，不禁泪如雨下。爱茉莱和其余猎队中的女子也一样哭泣起来。她们眼见两位品行高尚的青年，皇族的后裔，无非为了爱情而搏斗，却落个死刑的下场，都觉得伤心，惋惜着有这样的事，他们哭泣着两位青年身上血肉模糊的伤痕，都一齐求情道："看我们女子们的面上，君王，请你大发慈悲，饶恕他们的罪行吧。"她们跪下两膝，匍匐亲吻着他的脚直到消减他的怒气。原来一颗善良的心是会被怜悯激动的。君主希西厄斯很快就想起了他俩所犯的罪行和这罪行的起源，当时他虽一时震怒，指责他们有罪，而他的理智却宽恕了他们。他这样想道：为了爱情，每个人都会奋争到底，设尽方法逃出囚牢。再加上那些女子的哭诉，他甚为不忍。他那伟大的心胸中思量，自言自语道："一个国君不应该只是像雄狮那样赏罚不分，做一个人君岂可不知怜悯宽恕。处事不能精确到区分谦让和傲慢，那就枉为人君了。蛮横无礼、固执己见的人和知过能改，惴惴于心的人，岂能一样看待！"当他的怒气已消，他目光深远，抬头望着天空，高声说道："爱的神呀，福泽无边，真是无比伟大的人间主宰。他有奇迹，自应被称为神，他能凭借意志创造人间的每一颗心。在他的权力之下，百事无阻；神啊，这两个人是派拉蒙和阿赛脱，他们是我的阶下囚，逃出了我的牢狱，在希白斯过着贵族般舒适的生活，可是爱情使他俩有眼而不用，明知生死提在我手中，却还要来送死！且看，这岂非高度的愚蠢？只有情人是傻瓜。上天有神，看看他们为爱承受的痛苦，看他们何等惨烈的模样！他们虔诚地眷恋着爱神，这就是他所赏赐的代价！无论如何，为爱投效的人们都自以为聪明！而更绝的是，他俩为了她要出这样一套花样，而她却并不领情，和我一样，原来她对于这番火热的争吵一概不知，但是，不过，事无好歹，什么事总要试一试，有时难免要当个傻子，和年龄无关。我自己就有过经验，那时我还年轻，我也同样受过爱的奴役。因此，我既尝过爱的苦味，很清楚陷入爱的罗网的痛苦，他就捏紧不放，让你痛苦不堪。王后和美貌的爱茉莱都已跪下为你们请求了，现在我就饶恕你们。不过，你们两个决不再侵犯我的国土，或是在未来的某个时候向我宣战，你俩应立即向我发誓。你们只有一种选择，应尽你们一切的力量和我做朋友。我对你们这次的错误，既往不咎！"

他俩都依从了他的话发誓，诚心诚意地求他开恩，把他认做君王。他祝福他俩，他说到："讲到皇族传统与家嗣财富，你们是应该成家立业了。至于我的姨妹，你们彼此嫉妒并引发了这场争端，虽然你俩永远争斗下去，也无法同时娶到她，这是明摆着的事实。总有一个，不管他愿不愿意，你们两个中必有一个人要到常春藤里吹哨，从此放下这希望。这就是说，不论你们怎样嫉妒，她也无法同时嫁给两个人。所以我向你们提出这个办法，你们两个还是各自接受命运的支配吧！我的意志是坚定的，你们必须拥护我，不准反抗。我的决定是：不要赎金，不受拘束，你们两个自由地离去。在五十个星期之后，不多不少，每个人带一百名全副武装的武士准备上战场。我允诺你们，以武士的信念为证，不管你们两个和各自的百名武士，谁的武力更强大，如能把对方杀死，或逐出武场，那他就是爱茉莱命中注定的人。这个比武场所就设此地，我能做一个公正忠实的裁判，上天自会照顾我的灵魂。你俩总有一个会断送性命或败北被俘。你们也别再多想了。你们如果认为我说得有理，就说出来。这就是我替你们想的办法。"

有了希西厄斯这样公正地开恩施惠，语言不足以表达大家的感激之情，语言此时显得那么苍白。还有谁的面容比派拉蒙更表示轻快的？阿赛脱高兴得手舞足蹈。每一个在场的人都跪了下来，真心真意地感谢希西厄斯的开恩，他们再三拜谢。于是他俩带着希望和轻松的心情，告辞众人，各自心怀希望地向宽广古老的希白斯挺进。

第三部开始

我相信，人们会怪我疏忽，差点忘了向你们描述希西厄斯用相当大的开支经心地建筑着那比武所用的华贵场所，你们一定会责怪我了。全世界也没有这样壮丽的一座剧场，我敢保证！外圆周围长有一公里，一道石墙，石墙外面有一条沟。剧场是圆形，四周全是台阶，高六十级，绝不会出现前排台阶的人挡住后排人视线的情况。东面一座白大理石的大门，两两相对。总而言之，世界上在相同的空间中找不出第二所这样的建筑。希西厄斯用重金聘请来全国的技师，凡是懂得数学或几何，还是绘图者、雕刻者，都会收到邀请来设计建造这所剧场。他又在东门上盖起拜殿祭坛，方便举行仪式，祭祀爱神维纳斯。同时，他花费了大量黄金同样建立一座祭坛在西门，为了纪念战神马尔斯。北面墙上筑有角楼，希西厄斯用雪白石膏和红珊瑚筑起一座富丽堂皇的拜坛，奉献给贞洁的苔恩娜。

我都忘记叙述了，三座塔楼上的浮雕、绘画，花色、纹饰和塑像也是十分壮丽。先说，在维娜斯的庙中，这座庙的墙上各式各样的形象令人叹为观止。如破碎的睡眠和寒冷的喘息，那神圣的眼泪和悲伤、情人失意时火一般的相思苦痛，除此之外，还会看到他们的盟誓，美色和青春，鲁莽和渴望，娱悦和希望，财富、欢愉、妖媚和欺骗，蛮横、忧愁、妒嫉和奉迎等各种情绪，带着金盏草圈，一只美丽的杜鹃栖在上面，墙上还排列着不计其数的东西：宴会、乐器、歌舞、欢笑和华丽的衣服，以及情爱场合等等。的确，席希龙山上维娜斯的正屋，涵盖了园亭和一切美景，在墙上都有一席之地：守门者懒汉也没有遗漏，所罗门王的愚蠢行为，大力的黑勾利斯，或古时的美男子纳西塞斯，坚强凶猛的妥纳斯，秀尔茜和默蒂亚的魔法，或富有的克雷塞斯，他的被俘与劳役。从中你可以看出，无论是智能、财富、是美貌、机智，是强力、坚毅，都可以说是维纳斯的伙伴。维纳斯能任意控制整个世界。原来这一切人物都被她网罗着，网得他们苦得直叫"啊唷！"虽然我可以讲出的不下千数，但只提出一两个也就足以说明一切了。维娜斯的裸身雕像，煞是美观，浮在大海上，绿色波浪遮盖了她的肚脐以下的部分，像玻璃般明亮，很是美观。维纳斯头戴鲜艳芬芳的玫瑰花环，她右手拿着一面弦琴，秀色可餐。她头上有白鸽飞翔，她的儿子可必德站在她身前。正如常见的那样，他的眼睛是看不见的，他肩上有两只翅膀，他手中一副弓箭，箭头异常明亮锋利。

为什么我不同时也告诉你那红色的大战神马尔斯庙中的壁画呢？这神庙相似于色雷斯的威风凛凛的马尔斯大庙，墙面上下左右无处不是彩画。马尔斯的辖区正是在寒冷霜天的色雷斯。墙上首先画着一派树林，无兽也无人：林中残干断根，盘曲多结。似乎可以听见一阵辚辚冲奔的声音，从树林中穿梭而过，好似根根树枝都将被狂风吹折一般。在山边下，耸立着军威十足的马尔斯庙，它有着钢铁筑成的结构，门庑既深又狭，显得阴森可怕，狂风吹起，每一扇门都会震动。漠漠寒光由北面透进门去，此外墙上再无其他窗洞。所有的门都是坚石做成，铁片保护着横面和边缘，每一根支柱有大樽那样粗，每一根都像钢铁般熠熠光亮。

在这里我见到罪恶在暗中的诡计和他的一切筹谋；像煤火一样红的凶暴的愤恨；扒手和苍白的恐惧；斗篷下暗藏刀的淫笑者；马厩中冒出黑烟；叛逆无道的趁人熟睡时的谋杀和公开的血淋淋的战争，带着染血的刀和锋利的威胁。叫嚣声回荡在每一个阴森的角落。再过去一步，我见到自杀者的头发浸没在他自己的鲜血里，在夜间铁钉钉入了脆弱的腮骨；面孔向上的尸体，冷尸朝天躺着，无比冰凉，垂头丧气的恶运坐在神殿正中。又过去一步，我看见疯狂在凝笑，佩有武器的人诉苦，狰狞的人狂暴和叫屈；丛树中的尸首，被砍了一刀；千数个被杀者，无辜枉死；暴君强夺着战利品，以及荒凉的城池遍布瓦砾。我还看见争夺中的船只被焚，被野熊扼住喉胫的猎人：牝豚噬食摇篮中的婴孩；长瓢电不能阻挡被烫伤的厨师。还有一些是马尔斯的凶残的目光所致的恶果。赶车者惨死在自己的车子轮下。还有马尔斯的族类，剃头匠，屠夫和在铁砧上打着尖刀的铁匠。上面高塔中画着胜利兀然危坐，在他头上有一把用精巧的绳牵牵着的利刃。朱列厄斯·凯撒的杀戮，和尼禄与安东尼所致的死伤都在画中。他们所造成的死亡都已经由马尔斯的威吓而被刻画出来了，虽然那时他们还未出生。和天上主着吉凶的众星一样，这些画中所表现的命运，谁该命绝于何，都已经注明。且举出古书所载的一二事例就足够了；我不可能把这些都描绘下来，毕竟我能力有限。

马尔斯的戎服塑像站在一乘战车上，他穿着戎服，面貌凶恶，活似一个疯子。他头上照耀着两颗星，古书上称为普厄拉与露白斯，这就是战神的雄姿。一只狼站在他的脚前，两只红眼，正吞噬着一个人。这些形象都是一枝美妙的笔绘画出来的，就是为了称颂可敬畏的马尔斯。

这些形象都是一枝美妙的笔绘画出来的，我将所有描画说给你听。墙上到处画的是狩猎与羞怯的贞洁的模型。在此可以看到，苔恩娜一怒之下把她变成了一头熊，这使她痛苦不已；后来她又被列为北极星宿。我不能赘述了，画上就是这样。人们都可以看得见的，她的儿子也是一颗星。我还看到苔纳变成一棵树；这个苔纳是维纳斯的女儿，而不是女神苔恩娜。我还看见克德渥变成牡鹿，这是因为他看见了苔恩娜的裸身，我也看到他的猎犬噬住了他，因为猎犬认不出他。还画着阿他侮塔猎野猪，同梅利亚格等人一起，为此他受到了苔恩娜施予的苦难。我还看到更多的奇迹，不想一一提及了。女神苔恩娜高高地骑着一头牝鹿，许多小猎犬围绕她的脚边，她脚下踏着满了又将亏损的月亮。她的塑像身穿绿衣，手里拿着弓，箭囊里插满了箭。她眼睛下垂，可以一直看到帕路托的冥国。她面前有一个女子正在分娩，她难产了，向产神露新娜叫着苦："救救我，你比谁懂的都多。"绘画者手段高明，十分逼真，费尽心思用许多金钱来调配种种颜色。

希西厄斯自己付出了巨金，终于打造好了这所竞技场。此刻他十分满意。庙堂、剧场等等。好吧，且让我再按下希西厄斯，把精力转向阿赛脱和派拉蒙。

这一天，我已讲过，他们每人应带一百名武士来参加比赛：他俩应该归来的日期快要到临，他俩都带着装备整齐的百名武士来到雅典，准备交战。确确实实，人人都称道，自从天帝创造海陆世界以来，这样一个个怀有武士身手的威风的人类并不多见。每个羡慕武士气概、希望声名远播的人，都祈求能被选上，一睹为快。入选的人心中是何等痛快！你们都知道，如果这样的机会就在明天，每个善战的武士，深懂得爱的滋味，都想亲临这个竞技场。为了一个意中女郎而战，上天祝福，可以想象，这战争场面该是何等的壮观啊！因此，多少武士跟着派拉蒙而来。他们中有的穿着短襟、胸甲和鳞铠；有的戴起一双宽铠，掩住胸背；有的带着普鲁士式的盾牌；有的裹上讲究的护腿，擎起钢锤或斧钺。没有一种新奇式样不是自古相传的。正如我所说的那样，他们的装束，很有新意。

你可以看见在派拉蒙的伙伴中，有黑须、雄姿的色雷斯大王列可格斯。他像雄鹰一样，环视着四周，眼中射出介于黄红之间的光彩。他四肢健壮、肩膀宽阔、肌肉结实、胳臂圆长，顽强的眉间蓬松有毛。他沿用他国内的风尚，高高地站在由多头牝牛拖动的金车上，马铠上披着古老的熊皮，像煤炭一样黑，不是有纹章的套衣。他的长发梳向背后，如乌鸦的羽毛黑亮。头上戴的是一顶金冠，上面嵌满闪亮精美的钻石，有臂肱那样粗厚。在他的战车四围有二十多只白獒跑着，大若牛犊，准备追猎狮兔，它们都紧随着他，它们都套有金制项圈，上面锉着缺齿，獒嘴却是锁紧的。他有百名全副武装的贵爵们组成一个队伍，个个意志坚强。

人们在古书上读到，印度大王伊米屈厄斯就像战神马尔斯一样威风，他是阿赛脱带来的伙伴。他骑着一匹栗色马，马饰是钢制的，带有菱形花纹的金锦披在马身上。他的披挂上缀有纹章，由鞑靼运来的中国丝绸所制，上面有又大又圆又白的珠宝。他的马鞍是用才磨光的金质铸成。一双缀满了闪着火光的红宝石的短披挂在他的肩头。鬈发上的黄色发圈在日光中闪耀。他的鼻子高耸，两唇饱满，眼睛像香橼般鲜亮，面容显出健美的血色，还散着几点黄黑色的雀斑。他向周围眺望像狮子一样。我猜他的年龄应是二十五岁左右，他的胡须开始出现了，嗓子像号筒般吼鸣。他头上戴的是新鲜美观的绿桂花圈；手上放着一只驯鹰，象铃兰一样洁白的驯鹰，纯粹是为了消遣。他同来的百名皇族也都装束得堂皇富丽，只有头部的装饰稍不同。公侯君王都会集在他们的队伍里。我再说一遍，他们为的是增进武士精神，加强人间的爱。这位君王的四周奔驰着许多驯狮驯豹。

如此，在星期天红日高照的时分，这些王侯们来到城中，纷纷下马。高贵的君王希西厄斯欢迎他们进城，依照身份等级，分别款待住所，款待欢宴。上上下下的人想不出更完善的招待款式。至于席间的应酬，歌唱，分送着高低不同的礼品，宫中的华贵装置，谁个贵妇淑女最美貌，最善舞，哪个善于唱歌，谁能谈爱悦心，哪个坐低席，哪个坐高位，哪些猎犬伏地下，哪些雄鹰蹲在头上等等，我省去不提。现在说到主题上来。

星期天夜间，还有两个小时天就大亮了，百灵已开始唱了。派拉蒙听见了百灵鸟嘹亮的歌声，自己也不禁唱了起来。他怀着圣洁的心灵和无限的勇气，他来朝拜那慈祥赐福的西希丽亚，我说的就是维娜斯，她是值得人人崇敬的。在她的辖区内，由比武场穿进了她的庙堂。他怀着矛盾的心情，一副谦卑的姿态，跪下来祈求：

"美中之最，穹父之女，伏尔堪之妻，呵，维娜斯，我的女神，你高踞在席希龙的山顶，眷怜我的灼热的苦泪，为了你热爱的阿顿，愿你的慈心领受我这微贱的祈求。啊，我心乱如麻，我没有字眼可以表达我这地狱般的愁痛，我说不出一句话来。可是，明亮的女神，但求你恩恕，您明白我的心意。看透我的悲苦；请您垂怜这一切，大发怜悯之心，我必然永为你服役，永远同贞节作斗争。只要你支持我，我就立下这样的誓愿。我顾不及夸耀武艺，或企求从明天的战斗中取得声望，或请求明天战胜，或为了我的功绩而博得那空虚的赞美。我只要完全得到爱茉莱，愿为您做牛做马。请你指示一条路；我只要我的心上人投入我的怀抱，我管不着战胜他们，或被他们打败。虽然马尔斯是战神，但在天上，你威力无比，只请你首肯，我就可以得到我的爱。你的庙堂我将永远朝拜，不论我在哪里，我定将永远祭祀着你，让圣火永远燃烧下去。你若拒绝了我，我可爱的女神，我就惟有祈求明天让阿赛脱一枪戮穿我的心。我死后，也就不用承受爱茉莱做阿赛脱的妻子的痛苦了。这就是我全部的祈祷，幸福的女神，请您把我的心上人赐给我。"

祈祷完毕，派拉蒙十分虔诚地献祭，当然现在我们没必要谈他的礼节了。但是，到了最后，维纳斯的神像震动了起来，显示着迹兆。派拉蒙知道他的祷告已被接受。他开心离去了，他已领会到他的祈求已得到默许。

派拉蒙到了维娜斯庙堂之后大约有三个钟点，太阳已经高高升起，爱茉莱也起身来到苔恩娜的庙中。她的侍女们都随带着香火祭服，按照惯例，用祭品装满角器，至于其他一切祭祀所需，也丝毫不缺。饰品满挂庙中，焚香熏鼻，柔情的爱茉莱用泉水沐了浴。其他的也没什么特殊之处，我就不敢多谈她如何行礼仪的。（对于一个心地纯正的人多听些倒也很有趣，并无妨害，只要能吐露真情，就是故事。她梳着明亮的头发，披散下来，并没有编起来，头上戴着绿橡木的冠冕，煞是迷人。她在神坛上燃起两个火，司德替斯之类的古书上详细记载了其所举行的仪节，我就不再详叙了。火点燃之后，她开始向苔恩娜虔诚地祈祷：

"绿树林中的贞洁女神，你目及天地大海，你是帕路托的幽深领域的女后，你是少女们的守护神，多年来你就知道我心所愿。请不要将阿克德隆所遭受的苦难降临到我身上，望你勿将你的神怒降及我身。贞洁的女神，你明知我愿终身不嫁，不愿为世事所困。我是一个贞女，你是知道的，我是你的队伍中人，我热爱游猎，在林中漫步，我不愿为人妻，履行夫妻义务。我愿不与男子来往。我请求你这三位一体的女神帮助我，许我这一点恩赐：但愿深爱着我的阿赛脱和派拉蒙之间树起和平与友爱的旗帜：让他俩的心放开我，熄灭他们的热望、爱火和苦恼。如果我命中注定必须从两者中选取一个，如果你不能眷顾我的誓愿，那么希望您赐给我一个最爱我的那个人。请看苦泪流下我的两颊了。贞洁的女神啊！你既自己也是一个贞女，那么你就是我的守护神，愿你保卫我的贞洁，我将终身为你效劳，以我的贞女之身。"

在爱茉莱这样祈求的时候，神坛上的火稳稳地燃烧着。突然，在她面前一个奇观出现了。一点火光忽而幽暗了又燃亮，另一点火光渐渐减弱直至全灭。这点火熄灭之际，正如沾湿的火炬在燃烧中一样，发出呲呲的声音。更恐怖的是，而从这火炬的一端她看见流出滴滴的血。爱茉莱大惊，神经质似的高声叫嚷。她不懂此中含意何在，害怕而伤心地哭喊。此刻苔恩娜显圣，宛如一个女猎人一样，手中拿着弓，显圣于爱茉莱之前。她说："我的女儿，不必伤心。天神已有决定，天书说明你必须嫁两者之一，他为你操尽了心，忍尽了痛；我不能告诉你是哪一个。再会，我不能多停留。在你离去之前，我祭坛上的火会启示你在这场情劫之中的命运。"

说着，女神箭囊中的箭矢互相击撞，又急又响。而她立刻不见了。爱茉莱好生惊奇，说到："这是什么预兆？苔恩娜，我把我自己托付给你，任由你的处置，恳请您的保护。"她于是立即回家。事情就是这样，没必要多讲了。

在这之后的一个钟点，是属于马尔斯的。阿赛脱步行来到凶猛的马尔斯的庙中，依照着一切异教的祭礼向他祈祷。他诚意虔心，向马尔斯祷求。

"呵，坚强的神，你在色雷斯的寒国中被尊为主宰，你掌控着各个国土上所有战争的缰辔，依你的意愿处理着命运，希望你接受我虔诚的祭礼。我祈求，如果我的盛年尚有可取，尚可为您效劳，做你手下的一人的话，愿你怜悯我的痛苦。那时你曾倾心正值妙龄的维纳斯，虽然有过一次你也遭了挫折，被伏尔堪用绳索束缚住。为了你也曾经为愿望而燃着炽焰，为了你那一次心中的烦扰，愿你垂怜我的痛苦。你知道我年轻无知，却坚信我比世上其他任何人更深切的感受到痛苦，这你知道。而给我这一切悲苦的她，却再不顾我的沉浮。我很知道在她赏顾我之前，我必须在竞技场上以武力取胜。我很清楚如果没有你的援助或照顾，就凭我的强力，是无济于事的。愿你明天帮我战斗，念着当初你自己心中的烈火。要知道，想着当初你自己心中的灼火，我今天燃着的烈火跟你的是没有区别的。愿你赐我明天得胜。马尔斯。明日，我去付出劳力，你获得光荣。一切场所中我最尊敬你的大庙，我愿永远效劳于您的尊严和欣悦；在你的庙堂上我将悬起我的旗帜和我的各位伙伴的武器，我将一生供奉着您的圣火。我必守住这个誓愿，我将我那长垂着的发须献给你，从未受到过刀剪的摧残。只要我还有一口气，我就一直做您忠实的仆人。现在，主宰，怜悯我的愁苦，赐予我胜利吧！"

坚强的阿赛脱祈祷完毕，庙门和门上的铁环都撞击起来，响得厉害，阿赛脱很是害怕。祭坛上的火燃得很亮，全庙被照得亮亮的，随后一阵香气从地上发出。阿赛脱举起手来，抛出更多的香灰，又举行了其他的仪式。最后马尔斯的塑像摇响他的盔甲。响声之后，有一个幽沉嗡嗡之声，说道："胜利！"于是他称颂着马尔斯。如此，怀着愉快的心情，满载成功的希望，像光耀太阳下一只高兴的鸟那样回到了住所。

于是，天庭上为了赐恩的事起了一阵争执，争执的双方一边是爱神维纳斯，一边是铁面战神马尔斯。因此累及天父求比妥竭力从中调停，最后，冷酷的萨顿，根据他多年的丰富经验，果断解决，双方才满意。老话说得有理，姜还是老的辣：因为高年可以带来智慧与经历。人们尽可超过老年人的脚步，却无法超过老年人的智力。萨顿立即想出办法，可以调和那场可怕争吵，尽管对他来说这是份外的事。

他道："亲爱的维娜斯，我的女孩，我有极广的辖区，谁也难于了解我的威权有多大。我掌控着许多事情，如在黑暗的茅舍里囚禁，在幽晦的海水中淹没，脖子伸出索套，呻吟，私语，恶汉的反叛，暗中下毒等等。我居住狮子星座时，开始施行惩罚和报复。我还做过以下事情：高厦的荒废，塔墙砸住掘壕者，是我把摇倒大柱的参孙致死。我还管辖着冷酷的病、暗杀和一贯的阴谋；只要我的目光一射，瘟疫就会盛行。你现在不要哭泣了，我会尽量让你不辜负对你的武士派拉蒙的承诺，让他得到他的意中人，因此你不必再哭泣了。虽然马尔斯可以援助他的武士，但最后你们俩之间仍可以像你们原来那样好。你俩无非性情不同，不要再哭了。我是你的父老，我会履行我的承诺，让你满意。"

现在我将按下天上的神不提，让我们言归正传。

第四部开始

雅典城中的宴乐好生热闹，五月的雅典城天气明媚，在星期一那天从早到晚，一直兴高采烈地演练舞蹈，为了爱神维纳斯，各献技艺，度过美好的时光。到了晚上就按时休息了，因为每个人都要早起参观比武。

次晨天色微明，从住宿场所里响起一片马匹盔甲的声音，成队的王公们骑着大小骏马来到宫中。这里有你想看到的各种东西：竭尽钢、金、锦绣之长富丽的甲胄；明亮的马饰、钢帽、金盔、鳞铠、缀纹的披挂；马背上的公侯，装束华贵；以及侍者钉着枪矛，扣着盔帽、挡起盾牌、编穿皮革的侍者。有需要处，没有一只闲手。口吐白沫的马嚼着金马勒，束装者踢着马刺，运用锉子和锤子奔上赶下；还有不骑马的乡勇，许多城市中的人，拿着短棍，整个场地挤得水泄不通；笛、号、鼓、角，无不在战斗的场合吹打出一阵阵肃杀之声；宫廷内外，三五成群，人们都在讨论着，推度着两位希白斯武士的事。有的说这，有的说那；有的认为浓发的人说的对，有的赞许黑胡子人，有的称赞秃头的话。有人推测说，这个人一定善战，有人说他面目狰狞，一定善战；那个说，那人手中拿的战斧足有二十镑重。这样从日出时分起，这个话题在宫殿上上下下一直被议论着，人人都在猜测着比赛的胜负。

希西厄斯被歌唱嘈嚷之声从睡梦中搅醒；他就呆在宫中，静候两位决战武士的来临。希西厄斯坐在窗边，俨然如一位上天的神。人们挤近去要看他一眼，向他致敬，听取他的号令。台上传令官宣布肃静，等喧哗声停息下来，他大声宣布了大王的圣旨：

"君王经过慎重考虑，为了公侯们可贵的鲜血不白流，君主禁止彼此恶战，禁止争个你死我活。因此，为了不使丧命，他已经改变了初衷。任何入场的人，不准携带或抛掷投射武器，或长柄斧、或短刀，否则处以死刑。任何人不准佩带或抽用尖头的短刃；谁也不许使用磨快的

枪矛；向对方冲奔以一次为度；不过，正当防卫时，马下可以刺戳。战
败者应生擒，不应杀死，带至各自指定的桩柱那里，到了桩边不得重入
武场。若某一方生擒或杀死另一方主要战士，比武即告结束。用锤头
锤，用长枪刺，尽力去打斗，上帝祝福你们。这就是君王之命，现在比
赛开始吧！"

　　人们的呼声震天，快乐地高喊道："仁德君王不愿流血丧命，上帝保
佑您！"吹号，奏乐，一队一队的武士齐整地由广阔的城中，整齐地走向
竞技场。市街到处悬挂的并非斜纹哗叽。君王骑在马上，委实有大王的尊
严，两个英勇的希白斯武士在他的两边；后面是爱茉莱和王后，随后的是
按等级排列的各队人马。如此他们走出城街，奔向竞技场。希西厄斯坐上
高位的时候，还未到辰正时分。易宝丽塔王后，爱茉莱和其他贵妇们都已
按次就坐，群众也抢好了自己的座位。然后，阿赛脱和他的百名武士穿过
西边门，扬着红旗，从马尔斯神庙下进场。同时，派拉蒙和他的伙伴们由
维娜斯神庙下的东边门进场。无人能说得出这两队人马的高低，他们是如
此势均力敌？任何精明的人也说不出哪一边更英勇，更高贵，或是在年龄
地位上的不同。两方装束都一样雄壮。双方宣读了自己的名号，以免在人
数上有所欺诈。之后，各门都关闭起来。"高傲的青年武士们，各自努力
吧！"传令官在高处叫道。

　　传令官不再上下驰骋了，号筒声又喧哗了一阵。其他不多讲了，只说
双方排成战线，枪矛把稳，用尖镫打着马身，谁能乘骑，谁能搏斗从这些
动作中就可以看出来了。箭杆在厚盾上颤动，突地刺进了一人的胸骨。枪
矛跃起离地有二十尺，银色的刀剑纷纷出鞘，盔帽被劈开了。血涌着可怖
的红流，大锤摧击人骨。有一个人冲向马丛中最拥挤处，壮马颠蹶，武士
的人马一齐倒地，一人由马下抛出断矛，一人被从马上撞下。一人身上中
伤，被擒了，被带到对方的桩柱边，脑袋是保住了，他只得在那里停留，
不能犯规脱逃；对方也带了一人来到桩边。希西厄斯不时叫他们养息，趁
机喝水止一下渴。一天之中两个希白斯武士对战，那才叫做凶猛，双方都
有两次被从马上打下。阿赛脱对派拉蒙那样毫不留情的猛击，远远胜过嘎
卡非尔山谷中的虎为寻找被偷的虎仔而冲奔。伯尔马利的狮也还比不上派

拉蒙对阿赛脱那样凶残，在被追猎之时或饿得发狂，恨不得一口吮吸着鲜血。那一来一去的扑击，深入盔胄，两人身上全都流着鲜血。

凡事都有一个终局。在太阳落山之前，趁着派拉蒙同阿赛脱对打之际，伊米屈厄斯搞突然袭击，一刀砍进派拉蒙身里，于是二十个人把他强拽到桩边。列可格斯上来抢救却被打下来，败下阵来。勇猛的伊米屈厄斯也被打下马鞍一箭之远。派拉蒙趁着还未全受箝制的当儿，痛击了他一下。但他已无从自救，拖到了树桩边。他的雄心也帮不了忙，只有留住不动了，无法帮忙，这是强力所致，也是先有规定。派拉蒙已不能再入武场了，他的伤心无人能及。

希西厄斯见了，向那些继续搏击的人喊道："喂，住手，战斗已经结束了。我必须做一个忠实的裁判者，不偏不倚。希白斯的阿赛脱得了爱茉莱，他的好运使他正当地获得了爱茉莱。"立刻大众欣悦地高呼，那喧嚷的人声似乎要震塌竞技场了。

此时美丽的维娜斯在天庭将怎样办呢？爱的王后会说什么呢？她哭泣，为的是未能如愿，那泪水流入了竞技场上。她道："无疑的，我会永远受到嘲笑。"

萨顿答道："放心，女儿，马尔斯完成了他的诺言，他的武士也祈祷有应了，不过，我用脑袋担保，你不久也将得到安慰。

号筒声，在高处嚷喊的传令官，响亮的乐队也好，都在庆贺着英雄阿赛脱。但是请你们暂静一下，且说下面忽然出现了一个奇迹。

勇猛的阿赛脱取下了盔帽，露出了他的面孔，踢着他的马，奔下场地，抬头望着心爱的爱茉莱。她向他回看了一下，眼中表示着好感（一般说来，原来的女子们永远跟着幸运而转移的）：她占领他的心灵，她就是他的一切。忽然地下奔出恶魔，是帕路托因萨顿的请求而派来的，阿赛脱所骑的马受到了惊吓。马儿突然一转，跳向一边，这一跳立刻颠蹶；没有提防的阿赛脱被重重地摔向了前方，刚好撞上了头盖。这一跳立刻颠蹶；马鞍的前穹已经压碎了他的胸膛，因为血流进了面部，他的脸黑得像乌鸦或煤炭。他立刻被抬到希西厄斯堡宅中，他心中酸痛不已。有人将他的盔甲剥开，把他轻放在房间。那时他还有一丝生气，不停地叫着心爱的爱茉莱。

　　希西厄斯王和侍从们，宾客们，浩浩荡荡地回到雅典城中。虽遭受着这次灾厄，他并不想打断他们的兴趣。人们说，阿赛脱不会死，是可以医治的。他们还说，虽然有些人也受了重伤，有一人的胸骨被长矛戳穿了，但是他们都活了下来。至于其他的伤痕断骨，有人还会施法术或敷药膏来治疗。他们喝着藿香汁和药草剂，医治着身体。国王鼓舞着每一个人，尽情地终夜狂欢，不知疲倦。大家都认为这无非是比武演艺，却并不认为交战中谁更狼狈。的确，并没有战败的人，只不过有人运气差跌下马来，二十个武士制住了一个不肯认输的人。他单枪匹马，被强拉硬拽地拖了出来，强拽到了桩边。他的马也被地上的乡勇重兵用木棍赶走了。对他来说这并不是奇耻大辱，也不能称为懦怯。因此，为了防止任何攻讦怨恨，希西厄斯吩咐宣布两方要像兄弟般不相上下地同等对待，依照等级的差别施予礼物并欢庆三天。他竭尽礼节，护卫着君王贵宾，出城远送，整天的路程送出城外。每个人都互道"再会，一路平安！"，分路回家。这场比武我就讲到这，现在让我来继续看看阿赛脱和派拉蒙。

　　阿赛脱的前胸肿胀起来，心房里的病也逐渐加重了。任何疗法对那凝结的血块溃烂任何疗法都告束手，败血留在身上，或用杯接血，或者饮用草药，都无济于事。脑部的元气起于肝质，况且它的排除恶毒的功能已经丧尽。他的肺管开始发胀，胸部和胸部以下的肌肉都中了毒，开始腐烂。无论是上吐或下泻疗法都无补于事，死神的脚步谁也阻挡不了了。他的这一部分全已碎裂，丧失了人体的正常生理功能了。当然，自疗能力既不能发动，医药怎么还会有所作为呢，只有准备后事了。总之，阿赛脱是死定了；他派人叫来亲爱的表兄派拉蒙和心上人爱茉莱，对他们说道：

　　"我满心悲伤，无法向你吐露一滴苦衷，我最心爱的姑娘。不过，但我的生命既不能延长，我灵性中的最后一点忠诚也献给你吧！我崇敬你高于世间任何一人。啊！我为你忍受了多少岁月的痛苦啊！非常苦啊！呵，我的爱茉莱，我要死了，我们俩要分别了！啊，我心坎中的王后！啊，我的姑娘，我的心上人，你是结束我生命的那个人！这是什么世界？人们还奢求什么呢？此刻他在爱人身边，再过一刻，他已埋进了冷坟，身边没有人陪！我的爱茉莱，我的甜蜜的敌人，再会了：为了上帝的爱，请抱着我，讲上几句话给你。

"多年来我和我这位姨兄派拉蒙为了爱你互相争吵、嫉恨，祈求上帝眷顾我这颗灵魂，让我为这位情重的人说句应说的话。苍天可鉴，世上我找不出第二个人像派拉蒙这样值得爱怜的了，他有忠诚的心，高贵的品格，武士的风度，审慎、谦虚，崇高的身份与系属、慷慨等许多美德。他全心为你效劳，终身不会改变。你若愿结婚，千万别忘了这个高尚的派拉蒙啊！"

讲到这里他的话停住了，一股冷气从他脚底慢慢升入胸口，把他压制住了；他的四肢失去了生命力，他那创痛的心已死去，他的灵智也随之消失了。两眼前面浮起蒙雾，他几乎停止呼吸了。但他仍转动着眼珠，深深地望着他的意中人，最后一句话是："爱茉莱，宽恕我！"他的魂魄搬了家，飞到了一个我从未去过，也不知道在哪里的地方。我不是一个占卜的人，因此我不再讲了。在我所根据的这本书里没有提到灵魂一类的事。当然我也不提及重述那些叙述灵魂去处的作家。愿马尔斯照顾他的灵魂罢，他的肉体慢慢变冷了。现在我来讲爱茉莱吧。

爱茉莱厉声地叫，派拉蒙大声地呼喊着，悲痛欲绝的爱茉莱晕倒过去，希西厄斯把他晕倒的姨妹从死者旁边带开。我不需长篇大论来描述她天天哭泣的情景。在这样情况下，女子们因丈夫死去，若不竭力哭泣，就会患病，还会一病不起。

全城老少都不断为这武士伤心流泪；大人小孩全都在哭泣。就是在赫克多被杀后带进特罗亚城中的时候，也没有出现过这样的场面啊！悲哀使得人人抓着脸，撕着头发！妇女们哭泣着："你有的是金钱和爱人爱茉莱，为什么还要离去呢？"

没有人能劝慰希西厄斯，除非是他的老父伊吉厄斯，这位老父，见多识广，见过世途的沉浮，世事的变迁，人同人的悲欢离合。他举例劝说："正如任何死去的人，毕竟都在世间走过一遭，占过一个位置。所以任何活在世上的人，都逃脱不了死亡的那一天。通过这个世界是一条悲惨的道路。死亡是世间愁痛的终结。"此外他还讲了许多类似的话，开导人们，使他们得到慰藉，他还举了很多很多这样的例子。

希西厄斯王费尽匠心，才给阿赛脱找个最合适的建筑坟墓的地点。这个坟墓必须配合他的身份。最后，他决定在当初派拉蒙和阿脱赛为了爱而相斗的绿色宜人的林中。那里曾有阿赛脱的诉愁和发泄过心头的爱火。他认为这里最好，可以焚香举祭。于是，他命令他的手下砍伐古老的橡树，堆起来烧掉。手下的士兵听到命令，四处忙碌。希西厄斯派人运到一副棺枢，铺着最华美的锦缎。他为阿赛脱穿戴着，手上是白色手套，头戴绿桂的冠冕，手拿闪亮的利剑，穿戴得富丽而华贵。把他放下棺枢，脸部不加盖。国王不胜悲哀，好不令人伤心。白天把尸身搬进大厅，供大家观看，全厅为之哀声不断。

伤心的派拉蒙走来，胡须飘动，他的乱发上撒满了灰，泪沾在他的黑衣上。而行列中最哀痛的一个就是爱茉莱。希西厄斯为了增加这葬礼的壮观，希西厄斯王下令牵出三匹马来。这时三匹高大俊美的白马。这些马都装披着耀目的钢饰，阿赛脱的甲胄陈列在马背上。马背上面一人拿着他所用的盾，另一人手执着他的矛，再一人负起他的土耳其弓，金质的箭袋和马饰。缓步前进的行列哀悼着向林中走去。最英俊的希腊人掮着棺枢，缓步而行，眼睛红肿，满含着泪。走过城中各条大街，满处高挂着黑幕。老年的伊吉厄斯走在右边，左边是希西厄斯王，手捧盛有蜜、乳、血、酒的纯金器皿。后面是派拉蒙，其后是一大队人马，再后面是伤心的爱茉莱。拿着火把，按当时的习尚，这是执行火葬仪节时必需用的东西。

葬仪和火葬的举行都煞费了心力，遵循着庄重的仪式。葬台上高耸着绿枝，伸出四周有四十臂长这么远。也就是说，那伸出的树枝有那样大的周围。先在底层铺置了许多捆草。葬台是如何堆起来的，用了哪些树木，如橡、杉、桦、杨、赤杨、槲、白杨、柳、榆、篠悬木、秒、萱杨、粟、菩提、桂、枫、山楂、楜、榛、紫杉、茱萸以及如何砍伐等事。我就不再细述。以下的内容，我也不想详讲：还有神祇们，如水神、林仙和树灵等是如何离开久住的地方，只顾赶上赶下；在伐木时禽兽如何惊慌而逃窜；久不见日的参天幽林如何惧怕光亮；火堆底层如何铺草，上面再铺上劈成三片的干柴和青木，然后是香料、锦缎和珠宝，以及挂着花朵的圆环和麝香与种种熏香；阿赛脱采用什么方式在这一切中间躺下，和哪些珍宝围绕着他；爱茉莱如何按照惯例点起葬火，在焚烧时她如何晕倒，她说了什么，想了什么；火焰升起时人们如何将珠玉抛进火中；矛、盾，或其他衣饰、满杯的酒、牛乳和血又如何投进的；大队希腊人如何向左绕火三匝，同时一面高呼，一面三次击撞着手中的枪矛；妇女们如何哀哭三次，以及爱茉莱如何被带回家；阿赛脱如何被烧成了冷灰；如何整夜守尸；希腊人守夜的游戏规则是什么。所有这一切我都不愿意再讲了。也不讲谁搏击得最出色，他们怎样满身涂着油；也不讲谁最受得起窘迫；在游戏结束之后，他们怎样回到雅典，所有这些我都不讲了，我将回到正题，结束我们这篇长篇故事。

过了几年功夫，希腊人终于停止了悲哀。我听说他们同意在雅典召集议会，讨论某些问题，其中商谈到与某些国家建立同盟，还包括如何完全驯服希白斯人，同意在雅典召开会议。在这些问题上，于是希西厄斯请了派拉蒙到场，派拉蒙并不知其中的缘故，仍是一身黑服，满怀伤痛应召而来。希西厄斯又请了爱茉莱来。希西厄斯等他们坐定、全场肃静之后，他任意转动着眼睛观看，沉下脸来，轻轻叹一口气，然后发表长篇大论。

"当天地的创始者打成了爱的美链，这是一件重大的事。他的用意是高远的，也明白这么做的意图，他又有自己的打算。他用这副美链束缚着水和土、火和气，紧紧相连，不能摆脱。这个创始者又在我们这苦恼的人世间，订下了一定的所有生灵不能超出的岁月范围，虽然他们尽可缩短这个限期。不用我来引经据典，经验就足以证实，我只是想谈一下我所能思考的东西罢了。人们也可从这万物的规律中看出这位创始者是稳定而永存的。除了傻子以外，人人都知道部分来自整体。因此，自然决不起源于一个片断或一个部分，自然来自于稳定而完整的存在。基于此，因此，他以他的智能，布置万物，从而使得万物相继相承，相辅相成。这是确实的道理，你们应能懂得，也是可以随处亲眼看到的事实。

　　"请看一棵老橡树，自从它开始发芽，悠久的培育时期、繁殖时期，最后还免不了枯萎凋零。再看我们脚下坚硬的石块，在我们不断的践踏下，最后终于磨损殆尽而被抛于路旁。人人都知道，宽广的河流也有时会枯竭；再瑰丽的城堡也有破败之日。因此你们知道万物都有一个终结。世间的男男女女，是老是少，无论怎样，总免不了一死；是君王也好，还是臣仆，有的死在床间，可能死在旷野，可能死于深海，只是地点不同而已。这都是人人所能见得到的。一切都向同一条路走去，这都是人人所能见得到的。我可以说，天下万物都难逃死亡。

　　"是谁决定了这一切，若不是天神？他把一切事物都还原成本来的面目。世上的人物，不论高低，都无法抗拒这个天理。

　　"所以我想这既是必然之事，那么逆来顺受是唯一最聪明的办法。既是人们的共同命运，听天由命不是更好吗？谁若怨天尤人，是愚蠢的，才是违反了掌握万物的天帝。一个人取得了令名，无愧于己，亦无愧于人，好比开足了的人生最美艳的花朵，这时他的死确实是十分光荣的，他死得其所。他的友好正应为他的哀荣而欣幸，这样死去与衰退到默然而逝，被人们遗忘在一边，是有天壤之别的。为了争取此生最上的荣誉，在荣誉最高峰的时候死去。我们如背道而行，则是不足取的。何必忧怨不已呢？阿赛脱这位武士之花，我们已经看到了，在人生路上，功成名垂，挣脱了他那肮脏的躯体，我们又何必为他沉痛于心呢？他原来最敬爱的人，他的新娘和他的表兄，你俩原是他所最敬爱的人，你们俩何必这么痛心不已呢，应该为他感到光荣才对。上帝知道，难道他会因此而感谢你们吗？绝对不会！这样做无济于事，只是伤犯他的幽灵，同时也亵渎了他的神灵。

　　"我这番话的结论并无其他，只是提醒大家转悲为喜，感谢天神的恩赐。在我们离此之前，我给你们一条忠告，要用完美无缺的欢欣来取代这个双重的忧愁，我们且从哀痛最深处开始敷治起来。

　　"我的意志已得有全体议会的同意，我的妹妹，派拉蒙应该得到你的垂爱，他是你自己的武士，你应该接受他做为你的丈夫，他终生为你效劳。伸出你的手来，我命令你呈现出仁慈的女性之心。他本是一个国王的亲侄；也是一个可怜可敬的青年武士，多年来经过了种种挫折，始终忠实于你。妹妹，相信我，我这话是值得考虑的，除此之外，还应顾及人情。"然后他转向派拉蒙说道："我相信不用我说什么，你就会同意的。年轻人，站过来，接过你的意中人，牵住她的手吧！"

于是他俩在全体议臣之前，喜结姻缘。在祝辞和乐声之中派拉蒙娶了爱茉莱。愿上帝赐福给这位为爱付出那么大代价的青年。从此，派拉蒙从此享尽人生乐趣、健康与财富。他们相敬如宾，从无一句怨言。他始终都敬爱着她，她也温存地待他，这就是这两人之间的故事！上帝保佑你们各位！阿门。

磨坊主的故事

开场语：客店老板和磨坊主的对话

　　在武士讲完了故事之后，一群朝圣客，无论老幼，讨论个不停，没有不说这是一篇值得称颂的故事，而且意义颇深；也就是，只消是个品德温良之人都会作如是想。客店老板笑着发誓："我的好运道，顺利得很！口袋已打开，再看该谁讲第二个故事，良好的开端是成功的一半。你罢，修道僧先生，看看你的故事是不是比武士更精彩。"

　　那磨坊主原已喝酒喝得脸上发白，他在马背上摇摇晃晃，谈不上什么礼仪了。此刻他就高叫起来，嗓音粗犷，活似戏台上的暴君彼多拉，把人的手、头、和血拿来赌咒，大喊道："我已有一个绝妙的故事，绝对比武士的精彩百倍。"

　　老板见他酒醉了，说道："别急，罗宾，好兄弟，让一个更好的人先讲；大家体谅一下。"

　　"上帝的魂！"他说："绝对不行，我要先讲，不然，我就退出。"

　　"讲罢，魔鬼当道！"老板无奈地望着他，"你真是固执，脑子有问题。"

　　"来，大家听好了！"磨坊主道，"但我先要声明一句，我已醉了，听我说话，你们就知道了。所以我如果说些不该说的话，大家多担待。现在，我来讲一个木匠和他妻子的故事，他是被一个读书人欺骗。"

　　"不要乱说！"管家作答道，"最好少讲你那酒醉的疯话，损害人的名誉是很不该的，会犯罪的，尤其不该把妇人们牵进去糟蹋。你可以讲别的故事呀。"

喝醉了的磨坊主马上回道："奥斯瓦，好兄弟，没有妻子的人才不做乌龟。我可没说你。多少好妻子，坏的概率只是千分之一。你自己也知道的，该不会你脑子有毛病吧。为什么你要讨厌我的故事哪？我同你都有各自的妻子，可是不管我田里有多少头牛，我都不会妄自怀疑我就是其中，头上也长出了角。我相信，我不是。头上也长出了角只要他能消受上帝的洪恩，就应该心满意足了。"

我不用多说，这个磨坊主不让任何人插嘴，一定要把他的那个故事讲出来，我想我只好实话记录了。所以我愿每位高尚的人，为了上帝的爱，不要怀疑我的纯洁，无非我不得不把他们的故事好的、坏的，依样画葫芦，否则，就偏离了事实。因此谁若不愿听，尽可跳过，另择一个故事，有的是古来大小不同的事，高尚的作为或道德信仰的文章这里应有尽有。你若选择错了，那也和我无关。磨坊主本是一个粗汉，你应该明白这一点，而他们的确说了一些肮脏的话，请你想一下，莫错怪了我，就当是笑话好了。

磨坊主的故事由此开始

从前在牛津住着一个有钱的汉子，靠木匠谋生，同时还靠收留来往客人膳宿赚钱。一位穷书生住在他家，他读过文史各科，对星象之学颇有研究，他能计算某些问题；比如，有人问他天象何时主旱，何时主雨，我也省去不讲。

这位书生名叫尼古拉，善解风情，也极调皮伶俐，看起来文质彬彬，像个姑娘。宿舍里他独自住一间房，房里满是香花芳草，布置得十分雅致。他自己也同甘草根一样甜。床头的一个架子上整齐的摆放着托勒密关于天文的宏论，和其他大小书本，他所用的观象仪，计算用的算盘。他的压衣机上面罩着红色毛布，红布上有一架弦琴，晚上弹起来，优美的乐曲从弦琴中发出，散布在全屋。他唱过祈祷圣曲之后，他就唱淫调，他的歌声欢快。这样，这位有趣的学者度着日子，有时自己挣几个钱，有时朋友接济他。

这个木匠刚娶了一个妻子，十八岁，他心怀忌妒，把她关得很紧，不让她轻易露面。最主要的原因就是怕她红杏出墙，自己做乌龟。他脑筋笨拙，又不会与妻子调情，老实说，人应该与相同的人结婚，两人也就是应付，年龄一老一少是不会合调的。不过他既已落进了网，他只好提心吊胆地度日。

这个年轻姑娘长得很美，身段灵巧，像一只鼬鼠，条纹的丝腰带系在她的水蛇腰上。穿的是条纹的丝腰带，上面有丝织的流苏和铜珠。她的衬衣也是白的，领子四周都缀着乌黑的丝绸，头罩上挂下的飘带也是同样的黑绸，一条宽的系发丝带，系在头发上部。低领上戴着一只胸针，有盾牌上的浮饰一般大小，她的靴儿高高缚在腿上。的确，她的眼睛是很迷人的；弯弯的眉毛修理的似一弯新月，显得有些狭长。看她比才开花的梨树还要甜蜜可爱，比山羊毛还柔顺。世上没有一个聪明人能想象得出这样一个姑娘，真是一个水灵灵的可人儿。她的皮色比伦敦塔里才铸出的金币还要光耀夺目，歌声比林中的莺儿还要婉转清脆。她又轻佻爱耍，犹如小牛羊追逐母牛羊一般，她的一张嘴甜得像蜜，有时又羞涩得如一只轻盈的小鸟。她简直是一朵樱草花，一朵可爱的剪秋罗，完全有资本做任何一个贵族绅士的小宝贝。

各位请听，有一天，书生尼古拉和这位少妇搅合在一起了，那天她的丈夫到奥司纳去了，他忽然从身后一把抱住她说："除非你爱我，宝贝，我对你的爱已快要把我折磨死了。亲爱的，现在就爱我罢，否则，我就活不成了，上帝快救我吧。"

她像拦在木栅后的一只小马那样向后一跳，掉头就跑。"我不吻你，我偏不。"她道。""让我走，让我走，我喊人了，放开手，快点！"

但尼古拉求她可怜他，巧舌如簧加以劝诱，结果她答应了他，并且以圣托马斯为誓，有机缘的时候，她愿意顺从他。"我的丈夫是妒心很重的，如果泄露出去，我只有死路一条，这件事你必须十分机巧才是。还是秘密策划的好。"

"这个不必害怕，"尼古拉说，"一个书生骗不过一个木匠，那岂不是白读书了吗？"

他俩取得了同意，尼古拉爱抚着她，亲吻着她，拿起他的弦琴，为她弹奏。

一天节日，这少妇到乡间教堂去做礼拜。那教堂有一个叫阿伯沙龙的管事。他的头发卷起，黄金一样发亮，梳得顺畅均匀。脸上是玫瑰色，灰色的眼睛。他走出来，穿得精巧清爽，淡蓝色的外衣，上面嵌着精致的厚饰带，套上一件漂亮的袈裟，如雪一样白。他的皮鞋上有网状的细眼，好似保罗教堂的窗，穿着精美的红袜。我的老天哪，他真是一个可爱的少年，他善于剪、剃、放血，以及写地契单据。他会舞蹈，那个时代牛津的二十种舞法他都学来了，他还会弹三弦琴曲调，他也能弹六弦琴，唱得出高音。他为了纵乐，镇上每个酿酒房，客店有稍为活泼一点的卖酒姑娘，他每天必到。可是，讲老实话，他还是有些拘谨，讲话怕羞的。

漂亮的阿伯沙龙在这个节日带着香炉，为教区中的妇女熏香，对她们暗送秋波，尤其对这位木匠的妻。她确是可喜、迷人、看上一眼如饮甘醇，不觉得就醉了。我敢保证，如果她是一只鼠而他是一只猫，那他一定会紧紧把她攫住。这位教区管事满心的情焰，捐款时却死活不肯收妇女们的钱。

那天晚上月亮照得很美，阿伯沙龙做好了为爱通宵达旦的准备，拿着琵琶出去，怀着温暖的情火，欢快的心，径来木匠家，那时雄鸡刚叫过，他停在小方窗下。

"亲爱的姑娘，你如果有意，我求你对我发出慈悲。"他轻盈多情地唱着，便拨弄着琵琶。

木匠醒来，听见他唱，说："喂，阿丽生！你听见阿伯沙龙在我们墙底下唱歌了吗？"

"是的，约翰，"她答道，"我一点一点都听见了。"

这样下去，过了一天又一天，阿伯沙龙这样向她求爱，焦虑不安，整夜失眠，梳好了散发，发着誓愿要做她的侍役；像夜莺一样，他整天歌唱，送她蜜糖水、甜酒、香酒，以及火上才取下的薄饼给她。又因为她是个市镇妇女，他还送钱给她。有些人是要厚礼买的，有些用拳头打的，也有些靠礼貌才能到手。有一次他还在高台上表演暴君，大展身手，但在目前，这能对他有多少帮助呢？她爱的是尼古拉，阿伯沙龙只好去吹鹿角了，劳而无功，她把阿伯沙龙当猴耍，他费尽了力，而所得的却是一顿嘲笑。有句俗话："身边有个调爱的，就讨厌远处那个挚爱的。"人们说过一句成语，也确有三分道理。因为他已离她远了，她的眼中只有尼古拉。得意的尼古拉，你现在好自为之罢，阿伯沙龙却只有空欢喜一场。

一天星期六，木匠去奥司纳，尼古拉和阿丽生密谋，由尼古拉想个诡计，欺骗那个满怀嫉妒的丈夫。如果这把戏玩得好，她就是他的了，这也是两个人共同的心愿。于是，尼古拉备足了一两天的食物和茶水，叫她同丈夫说，如果他问起就说她不清楚他去哪儿了，就说她不知道他哪里去了，可能他生病了什么的，因为她的女仆怎样高声喊也喊不应。就这样，尼古拉躺在房里不动，只是吃了睡睡了吃，直到星期天夕阳西下时分，这个头脑简单的木匠感觉尼古拉有些不对劲。"圣托马斯啊！"他说，"我怕尼古拉有些不对。天晓得他会不会暴死！现在这个世界确是有些令人莫测的；昨天我还看见他在工作，今天那人却死了，被抬进教堂。""上去，到他门口去喊，"他吩咐小徒弟，"或用一块石头去敲他的门，看看到底怎么回事，立即回来告诉我。"

徒弟毅然地走上去，站在门外，用尽各种法子，喊着叫着，敲着，像发狂似的："喂！你怎么了尼古拉先生？你怎么整天睡觉！"

但没有用，他没有听见他回答一个字。里面好像没人，静无声息。一忽儿他找到一个洞他设法由洞看进去，终于看到他。尼古拉坐在那里，双手托腮，好像在偷看着月亮。这徒弟下来，把他所看到的情况原原本本地告诉了他的主人。

木匠自己画着十字，"拯救我吧，圣弗列兹韦德！未来的事是无从预知的！这个人学习天文快精神失常了，我想他终究会弄成这个结果，天机不可泄露的呀。啊，没有读书的人是快乐的人，无知者无畏，只凭自己的想法来。远有一个书生读了天文也是如此；他在田野走着，只顾着仰头看星星观测未来，却没有见到地下一个泥潭，便跌了进去。可是托马斯啊，我一直为尼古拉担忧。耶稣天父，我一定要去骂他一顿，让他不要死读书。给我一根棍子，罗宾，我一拍门底，你立马把门抬起来，我相信我们还可以把他从书本里唤醒过来！"

于是他走到门口。他的徒弟力大如牛，一下就把门从铰链上举了起来，倒在地上。尼古拉却坐着毫不动弹，像石头一样，张着嘴凝视天空，木匠以为他已无可救药了，一把抓住他的肩膀，拼命摇曳，狂喊："喂，尼古拉！喂，低放下头来！醒过来，想一想基督的苦难；我为你画十字，妖魔快点滚开！"然后他念着夜咒，向四处诵念：——

> 耶稣基督和圣本纳狄克脱，
>
> 祝福这屋，将恶魔驱除出去。
>
> 晚上的妖灵，白色裴德诺斯陀：
>
> 你哪里去了，圣彼得的妹妹？

最后，尼古拉伤心叹道，"唉，全世界不就要毁了吗？"

"你说的什么？"木匠道，"到底发生什么事了？应该想念上帝，和我们做工的人一样。"

"给我水喝，"尼古拉道，"然后我告诉你一个秘密，是与你我都有关的。我不会告诉第三个人，你尽管放心。"

木匠下来，又拿了一大瓶酒上去，两人各自喝了一些，尼古拉关上了门，让木匠一块儿坐下。

"约翰，我的好房东，"他道，"你在这里向我立誓决不把这个秘密告诉任何人，因为这是基督自己的秘密，你可要注意了，但你如果同任何人讲了，那你就完了。你若对我背了信，你一定会发疯，这是你食言的恶果。"

"呵，基督和他的圣血所不容！"这个头脑简单的人说，"我不是一个乱说话的人，否则，我不得好死。"

"约翰，我不会骗你的，"尼古拉道，"通过星象术观察月亮，从现在到下星期一，在将近子时时，天将下大雨，就是诺亚洪水也无法和它的一半比。这世界将在半小时以内全部淹没，全人类都将淹死，无一生还。"

"呀，我的妻！她也要淹死吗？"木匠慌神了，简直要晕了，"唉，我的好阿丽生，怎样解救吗？"

"呵，有的，上帝在此，你要听从忠告，"尼古拉煞有其事地说，"呵，有的，上帝在此，所罗门说过的话最可信，行动以忠告为依从，你就不会后悔！你若听我的好话，我自有法子救她，也救你，连我自己在内，甚至不用一根船桨或船帆，你难道没有听说，诺亚的故事吗，上帝曾预告诺亚，说全世界将没于大水，而诺亚又是如何逃过这一劫的？"

"是的，"木匠道，"那已是很遥远的事了。"

"你也没有听说吗？"尼古拉说，"那时他吃了什么苦？诺亚和他的儿子们要他妻子上船，他宁愿要他所有的黑羊，也不愿她一人独占那船。现在这件事不容迟缓，拖不得，马上去找三只揑面槽或澡盆来，搬到这里，我们一人一只，注意越大越好，要能当船一样用，里面准备一天的粮食，另外，什么也别带了，水将于第二天早晨退出。但别让你徒弟罗宾知道，还有你的女仆巫尔我也没法救的。不要问缘故，因为你问了，我也不能泄露天机。你若脑子还没有糊涂，你应该满足了，像诺亚一样可得此恩赐。你的妻，我可以答应你，我一定会救她。去吧，事不宜迟，快去准备，把它们从屋梁挂下，千万别让人瞧见，一切准备好后，还预备一把斧头，用来砍断绳子的，屋尖山墙上还要打一个洞，好通到花园那边谷仓上，大雨过后，我们就能出来了——那时你就同一只白鸭赶着公鸭那般高兴，在水面嬉戏，我会大喊：'啊，阿丽生！喂，约翰！快乐罢；水要退了。'你就回答：'呀，尼古拉先生！天气好，你好，天亮了！'那时我们就可以统管全世界，我们想干什么就干什么。"

"但是还有一件事我要严格警告你。那天晚上一定注意，我们进了槽船之后，谁也不许出声，一定要默祷。这是上帝的严令，你必须远离你的妻子，免得两人胡作非为，坏了大事，而且要紧闭双眼，不许动。现在这一切办法都告诉了你，去吧，时间不多了！明天晚上，等旁人都睡着了，我们就爬进槽里，坐着，等待上帝的恩赐。现在你可以去了，我不想费神跟你说第二遍。人们说：'派一个聪明人出去，用不着说一句话。你很聪明，我们的命就在你手里了！算我求你。"

木匠出来，如获至宝，兴奋得把这个天大的秘密讲给妻子听，她是机警的，她一听就都明白了，但她装着惊吓过度的样子，说："呀，那你还不快去，帮我们逃生，我是你的忠实的结发之妻，去吧，我的好丈夫，救救我吧。"

啊，人的感觉有偌大的影响！想象一旦被接受，竟然可以左右人的性命。这个头恼简单的人确实全身发起抖来；怕得要死，想象着即将发生的一切，那么恐怖。他哭泣着，忧虑不堪，唉声叹气。他哭泣着，忧虑不堪，一只盆和一只桶，偷偷地搬进了屋子，挂在屋梁上。他自己做了三个梯子，爬上去备齐了一天的食物，里面放好面包，牛酪和大量的酒。他又吩咐他的仆徒们去伦敦替他办妥一些事。星期一快到天黑，他也无心点火。他赶紧关门，把一切应做的事都吩咐好了。他们三人都爬了上去，坐着不动，大约过了一炷香的时间。

"现在开始祷告，要默默祈祷——晦！"尼古拉说，"嗨！"约翰说，"啤！"阿丽生说。木匠坐着一点不动，默祷着，他耳边仿佛响起雨声。

由于疲乏和紧张，不一会儿，木匠就睡得像死猪一样了。他精神上的苦恼，使他在梦中也不安稳。但是，不一刻打起鼾来。这时，尼古拉却偷偷地爬下了梯子，阿丽生也像猫似的轻巧地下来；他俩一声不做，在木匠的床上寻欢作乐。阿丽生和尼古拉在床上何等畅心，一直折腾到教堂开始打早祷的钟，僧士们开始在圣坛前唱颂的时分。

那教区管事阿伯沙龙被相思苦扰，欲火焚心，情不自禁。星期一这天，阿伯沙龙找人闲谈，偶然私下向一个院僧问起木匠约翰。院僧把他拉到一边，说："我不知道，"他说，"从星期六开始，他就没露过面，我想也许我们的僧院长叫他去取木料了，以前他也经常去取木材，就在庄上停留一两天的。肯定不在家。我实在说不出他在哪里。"

阿伯沙龙心上好高兴，想："天赐良机，从天亮到现在我没有看见他在门口走动。太好了，到鸡叫时分我就偷偷敲窗，那窗子很低，这样我就可以对阿丽生倾述我的思念，至少我一定要吻她一下；那也是安慰。今天我的嘴整天作痒，原因在此呀。昨天一夜我还梦见参加游艺会。我得先休息一两个钟头，然后整夜醒着取乐。"

听得鸡叫一声，这位多情种就从床上一跃而起，精心打扮起来，精心地穿上最漂亮的衣服。先嚼些益智草和甘草根，好使口里发香，然后梳理头发，舌头下含着爱符，希望因此可以讨得阿丽生的欢心。他慢步地逛到木匠家，在窗边站住，这窗子很低，只到他胸部，他轻轻咳了半声，"你在干什么，我亲爱的阿丽生？我的小鸟，我的心爱！快醒来，和我说说话。你简直不顾我的愁恼，我时刻为你受煎熬，多么令人痛苦，多么令人心焦，算不了什么！我渴望你，如小羊找乳头一样哀鸣，的确，我思量得你好苦，实在太难熬，可怜可怜我吧，我吃也吃不下，寝食难安。"

"别站在窗前，滚远点，混蛋，"她喊，"再不要来唱什么'来吻我罢'了。听得叫人恶心，我已心有所属，阿伯沙龙，去你的罢，我要抛石头打你了，快滚吧！"

"呀！"他道。"天哪，枉我一片真心！那至少可以吻我一下，尝点甜头。"

"我吻了你之后，你就立马滚吗？"她说。

"绝对没问题。"阿伯沙龙说。

"那么你就准备好，"她说，"我马上来。"她就转向尼古拉道，"别出声，看我怎么整他。"

阿伯沙龙跪了下来，心想：天赐良机，这一下之后，我就可顺藤摸瓜，好戏在后头呢，好鸟儿，求求你了。

她马上把窗子打开，"快点，"她说，"赶快，别让邻家看见了。"

阿伯沙龙赶紧擦干了嘴；刚好那天天黑什么也看不清，于是她将她的下部挪出窗外，阿伯沙龙也没注意，全不犹疑，将嘴凑上去亲她那赤裸裸的屁股。他向后一退，感觉不对劲，原来他想起女人哪里会有胡须呢；他碰到一个毛松松的东西，于是自言道，"糟透了，瞧我干了什么事？"

"嘿嘻！"她笑了一声，"呼"地关上窗子。阿伯沙龙只好怏怏而去。

"胡须！胡须！"尼古拉道，"上帝的肉身，这场戏真绝了。"

这个傻瓜阿伯沙龙却一字一句地听得清楚，脸都气绿了，牙齿咬得

"咯咯"作响，自言自语道，"此仇不报，我就不是人！"这时，还有谁像阿伯沙龙那样磨擦他的嘴唇，用灰，用沙，用草，还是用布？忆及此事，他七窍生烟，"呵唷，我宁愿把灵魂交给魔鬼，也要不惜一切代价报这个仇！""我，我，我决不能这样受人欺弄！"他说。这一腔热爱已变为不可磨灭的恨意。自从他吻了她的屁股之后，他已看穿了情爱。他的相思病竟从此治好了；仿佛大彻大悟了，见到情场中人不免火气冲天。

阿伯沙龙轻轻走过街来，找到一个叫葛继司的铁匠，正在锻铁炉上打着农具，忙着磨他的犁刀铲子。阿伯沙龙轻敲着门，喊："开门，葛继司，快点。"

"谁呀！是谁啊！"

"是我，阿伯沙龙。"

"阿伯沙龙？天哪，你这早就起来做什么？真奇怪！你怎么啦？我明白了，稳有哪个轻薄姑娘把你一早就闹起来了。是不是这样呀？"

阿伯沙龙满不顾他的嘲笑，也不回答，他的心事不是葛继司所猜得到的。他说："好朋友，你那火炉里的犁头借给我，我有急用，立即还你。"

"好的，"葛继司答道，"我是一个老实的铁匠，即使口袋里的金钱，你也可以拿去！只是，你拿这个有什么用？"

"自有用处，"阿伯沙龙说，"明天白天我告诉你。"随手取下那犁头的把柄，他轻轻走出了门，来到木匠墙下，先哼一声，在窗上敲了一下，如上次一般。

"谁在敲？"阿丽生答道，"准会是贼。"

"呵，不是的，"他说，"上帝作证，我的心爱，是我，你的阿伯沙龙，我拿了一只金戒指来给你；我母亲传给我的，很好的，刻得也精巧。你吻我，我就把它送给你。"

尼古拉正要起来小便，也想插上一脚，让他也吻一下他的屁股才放他走。马上来到窗口，如法炮制，阿伯沙龙道："你开一句口呀，好鸟儿，我瞧不见你。"恰巧此时，于是尼古拉放了一个大屁，像打雷一样，可是他已准备好了烧红的铁犁，直戳那个屁股中间，这一下把尼古拉的皮肤烫去了手掌那样大的一块，痛苦难耐，他狂喊道："水，救命！我要水！救命，我的天哪！"

木匠从睡眠中被吵醒，听见有人狂叫："水，水，救命，上帝呀！"他发疯似的喊起来。"什么，诺亚的洪水来了，"他不做一声，一把抓起斧头把绳子砍断，于是那盆和盆里的一切都坠下地来，场面骇人，他吓得昏死过去。

阿丽生和尼古拉吃了一惊，喊"救命"狂奔向门外，邻居老少跑来一看，见木匠躺在地上，一动不动，原来他已摔断了一只手臂。但他却毫无知觉，想开口，又被阿丽生和尼古拉的话压过去了。他俩迫不及待地说他精神失常了！他瞎想，说诺亚洪水要来了，昏头昏脑买了一只捏面槽，挂在梁上，再三求他俩一起坐上去。大家都被逗得哈哈大笑，向屋梁张看，果然如此。木匠说什么话都没有用，大家都认为他发疯了，传遍了全镇，就这样，木匠被骗去了一个妻子，凭他如何看守得紧也是枉然；而尼古拉身上也被烫得够惨的，这故事完了，上帝祝福你们大家。

管家的故事

管家的故事开场白

　　大家听了阿伯沙龙和尼古拉的妙事，笑的前仰后合，各人说着各人的话，议论纷纷，没有人感觉什么不愉快，除管家奥斯瓦一人，原来他就是一个木匠，他听后，暗自气恼，开始抱怨。

　　"好，我也能好好还你一个，"他说，"刚好我也知道一个到处惹事生非的磨坊主如何骗人的故事，如果我要搬出一套邪经的话。但我年纪老了，我不愿胡闹；已过了青草时期，我的秣粮现在都是干草了；我已头发花白，我的心也同头发一样枯干，和枸杞子一般愈长越坏，最后倒进粪堆或枯草里腐烂。我们老年人都避不开这样的路，路的尽头是坟墓。世上人在吹笛，我们也会兴奋不已，虽则我们已经无力，心里却还想放荡一下。做是做不到了，嘴里还爱说一说。我们还能发挥一点点余热的。我们有四根燃着的炭火，依次是吹嘘、撒谎、生气和贪婪。事实上，我们也算人老心不老。许多年来我的生命从瓶口流出，但风流不减当年。老实说，从我出生以来，死亡就揭开了生命的瓶塞，让它流，流到现在，瓶子已见底，生命的水只在边缘上滴着。但老年人剩下的只有衰弱无能的日子。"

　　客店老板听他这样说经，听不下去了，便摆出主人的威风，"何用这许多大道理？"，他说，"我们又不是吃素的人，讲什么宏篇大论？别白费了时间；魔鬼能把皮匠变成水手或医生，魔鬼也派管家来说教。讲故事吧，看哪，到了德泼福了，现在七点半，看那边就是格林威治，那是人才聚会的地方！时间还早，开始你的故事吧。"

　　"那么，各位，我求你们大家不要生气，我丑话说在前面，"管家奥斯瓦说，"虽然我嘲笑了磨坊主几句。但是以暴制暴并不违法。这个喝醉的磨坊主对我们大家讲了一个木匠受欺的事，也许只是逗大家开心，因为我就是一个木匠。只能对大家说声'对不起'我也要以牙还牙。我求上帝，愿他保不住他的头！他只看见别人的缺点，却殊不知自己的愚蠢。"

管家的故事由此开始

　　在离剑桥不远的屈鲁宾顿，有一条小河，河上有一座桥和一座磨坊，我所讲的是真实的。在那里就住着一个磨坊主，他傲慢无理，像一只雄孔雀。他会钓鱼，会修鱼网，能够在车床中转出杯碗，能吹笛，角力，射箭无一不会。他腰带上一把利刀，一把长剑，一把很好的短刀装在皮袋里。没有人敢碰他，怕受威胁，因为他的长裤暗藏一把设斐尔德的刀。他的头顶像猴子那样光秃，圆脸，鼻子短而厚，在市场上是有名的能吹法螺；谁要是惹到他了，他会赌咒报复。他是一个偷面粉的贼，从未失手。他的名字叫蛮汉西姆金。他的妻是好人家的女儿；她的童年是在修道院度过的。镇上的一个牧师是她的父亲，他在她的嫁奁中加了许多铜锅，好让西姆金配得上他那家世。西姆金说，他不想随便娶妻，她不仅要有好的教养，并且是个闺秀之女，因为他本人是乡土之辈。她却很自傲，但又很淘气，这一对夫妇在节日倒算得一景：他走在她前面，罩衣的尾段缠在头上，她跟在后面，和西姆金的袜子配得同样的颜色。没有人敢去接近她，和她搭腔，因为西姆金的短剑、小刀、匕首是不长眼睛的，嫉妒心重的人是很可怕的，至少他要他妻子明白这个道理。因为她的名声不算好，所以没人敢搭理她，可是还摆出盛气凌人的样子。她认为自视出身高贵，并且在修道院中受了教育的，理应成为妇女的楷模。

　　他俩生了一个女儿，年近二十岁，没有其他的孩子，除了一个六个月的婴儿，睡在摇篮里，已长得有模有样了。那女儿健壮高大，丰胸翘臀，鼻子短而厚，眼睛灰色像玻璃。头发看上去很美，我必须得承认，为了她可爱，镇上的牧师预备让她承嗣动产和房屋，不过对于她的婚姻要求极严。他想为她做门好好的亲事，对方最起码也得出身高贵的人家，神圣教会的产业必须为神圣教会的后裔所承受，同时他要求有光荣神圣的血统，即使吃光神圣的教会也在所不惜。

这个磨坊主从四邻交来磨麦的主顾身上搜刮了大量的麦粉。剑桥一所大学里的月光膳厅是他的主要顾客。有一天，学院的伙食管理员病了；人人都认为他活不久了。于是这磨坊主偷刮了百倍的麦粉；以前还有所顾忌，这一下却肆无忌惮地大抢起来。校长知道，拍案而起，大事追查，可磨坊主却装得很无辜，厚着脸硬说并无其事。

学院中有两个年轻的穷学生，胆大心细，最爱玩耍，他们极力请求校长派他们去磨坊守视磨粉，为的是看个究竟，坚决不让磨坊主的伎俩得逞。最后校长准了假。他俩一个叫约翰，另一个叫亚伦。两人是同乡，都来自北方斯乞罗塞。

这个亚伦准备了一切应带的东西，把一袋麦子摔上马背，同约翰一起上路，两人腰佩刀剑和盾牌。约翰认得路，不用领路人，两人到了磨坊门口，放下麦袋，亚伦先开言道，"好吗，西姆金，上帝保佑你，你的妻子和女儿都好吧？"

"亚伦，欢迎得很！"西姆金说，"哟，约翰也来了！有什么事吗，劳驾你们两个人来屈鲁宾顿？"

"西姆金，"约翰答道，"天知道，一个人干不来呀，贤者说得好，人若没有助手，自己一个人做，岂不是傻瓜一个。我相信我们那位伙食管理员性命保不住，现在已动不了了。所以我同亚伦来磨麦，磨好了再由我们运回去，麻烦您快点，尽快赶一赶。"

"好的，照办就是，"西姆金道，"等待的时候，你们干什么呢？"

"我就在这漏斗旁，"约翰道，"看看麦子怎么进，我的爸爸，我还没有见过漏斗摆来摆去呢。"

"你要那样？"亚伦接道。"那么，听您的命令，我就在下面，看麦粉怎样落进槽去，我就爱看这些东西，的确，约翰，我也同你不相上下，都是个糟磨手。"

磨坊主见他俩这样孩子气，只觉好笑，"这些不过是他们的幌子而已，"他想道，"他们以为就没有人能骗得过他们了。殊不知，不论他们学识怎样高明，我还是能暗渡陈仓。他们愈是耍玩手段，我就偷得越厉害，我将给他们糠麸，休想我给他们麦粉。'最大的学者不见得就是最灵巧的人，'牝马曾对狼如此说。我才不在乎他们呢？一切还是照老样子做。"

他偷偷地凑个时机跑出门去。解开了两个学生驮麦的马的马缰。马松了绳，便跑了开去，混进野马群中。

磨坊主回进来，不作一声，装作什么也没有发生，和学生们打趣着，依旧做他自己的事情。直等麦子全都磨好，麦粉装进了袋系好，约翰走出来才知道马跑了，便大喊起来："不好了，我们的马不见了，亚伦！快快！校长的马跑丢了。"

亚伦焦急，面粉什么的都统统抛到九霄云外去了，也着急道："什么？跑哪去了？快找回来啊！"

那磨坊主的妻跳着赶过来。"不好了，"她说，"你们的马去沼地找野马做伴了，我赶不上它。"

"糟了！"约翰道。"亚伦，放下你的刀，我可以像鹿一样跑得轻快。他妈的该死的马，你为什么没有把马关进仓里呢？真是作孽，亚伦。"

两个学生拼命向沼地奔去。磨坊主得意洋洋地看他们远去，就拿了半斗面粉出来，叫他妻子搓成面块。"我相信学生们也许会怀疑我耍这枪花。可一个磨坊主，"他说，"总能赛得过学生的伎俩；好了，让他们折腾一会吧，不要想轻易赶得马回。看样子，一时半会儿，他们还回不来！"

两个学生跑上跑下，"你吹嘡哨，我来兜它！"直到天黑，用尽了力，还是赶不上马，马老是狂奔，最后在一道沟前面停住了。

湿了，累了，像淋了雨的牛马一样，约翰和亚伦把马带回来，"倒霉透顶，"约翰说，"我们只好让人笑了。麦子一定会被偷了，人家还要说我们是傻子，校长，我们的朋友，特别是磨坊主，都会这么说。"约翰一面牵着马缰，沿途向磨坊走来，天已经黑了，只得求他看上帝面上给他们住下，就算让他们付钱也可以的。

"只要有地方，"磨坊主叫道，"我住的地方就不会让你们睡在外面，我的屋子很小，但我知道你们有文化的人能把二十尺说成一厘，或者照你们学生的办法，让自己住得舒服点吧。"

"好，西姆金，"约翰道，"你老是会讲笑话，圣克塞波脱在此，你回答得好极了，我听说，人有时只能两者择一，'无法改变，只好将就。'不过求求你，好主人，快弄点东西，我们肚子空空的，我们一定照规矩付钱，空手捉不到鹰。"

磨坊主叫他的女儿去镇上买酒，面包，又为他们烤了一只鹅，拴好了他们的马，又在他自己房里准备了一张床，离他自己的床不过八尺远，铺好被单和毯子，他的女儿的床也在这间房里，靠得很近，没办法，因为全屋再没有其他的房间了。他们一块儿吃着、谈着、玩耍着，酒愈喝愈多，等他们入睡时差不多半夜了。

磨坊主头里冲满了酒，东倒西歪，说不清话了，才上床。他打嗝，由鼻孔讲话，好像伤风一样，喉咙也胀了。他的妻也上了床，喝的头重脚轻。摇篮放在床脚边，摇起来很方便，也正好可以喂孩子吃奶。那一屋的人都醉了，女儿也上床，亚伦和约翰也睡下，谁也吃不下了。磨坊主喝足酒，打起鼾来，他的妻凑成低沉音调，这一曲鼾乐响彻一里之内，女儿的鼾声也令人不敢小觑。

亚伦听着这美调，推推约翰，"你睡着了吗？你见识过这种歌曲吗？当他们都在唱晚祷的时候，让烈火降临在他们身上！谁曾听见过这样的妙事？我是绝对睡不着了，也无妨，结果总是好的。约翰，我愿得福，按常理来说，堤内损失堤外补。我们的麦子无疑是被偷了，整天的倒霉，也只好认了，也无法弥补，我就来舒畅一下，弥补损失，除此之外，也无可奈何呀。"

"当心，亚伦，"约翰说，"磨坊主十分狡滑，万一他睡梦中醒来，我们要倒大霉了。"

"我才没有把他放在眼里呢，"亚伦回答，他爬起来，爬上那女儿的床，这姑娘仰面躺着，睡得很熟，不知不觉，他已靠得很拢，来不及叫唤，两人已混同一人了，好好玩一下吧，亚伦。

约翰躺着不动，大约一盏茶的工夫，于是他开始自己埋怨起来："啊！那小子真爽，而我却做了一个傻瓜。我这同伴把磨坊主的女儿弄到手，也是该他苦尽甘来。冒了危险，终是如愿以偿，而我只落得像个渣滓口袋，干瞪眼，将来有一天谈到这段佳话的时候，我准被人耻笑，说我是个没出息的家伙！不成，我非得起来。我好歹也要冒一下险，俗话说：'遇事畏缩，不得快乐'。他于是蹑手蹑脚地起来，将摇篮小心地移到自己床脚边。

不一会儿磨坊娘子打过一声鼾，爬起来小便，进屋来却死活找不到摇篮，摸上摸下，只是摸不着。"完蛋了！"她自语道，"我差些走错了床位，爬到学生床上！呃，我的天，那才是笑话呢。"她终于过去摸到了摇篮。她的手向前摸着，确信摸到了摇篮，既是摇篮在此，想必不会有错，夜里漆黑，她哪里知道自己在什么地方；便心安理得地爬上学生的床，倒头继续睡，可是过了一下，约翰翻转过来，在她身上胆大妄为起来，她从来没感觉得这样愉快过，欲死欲活，他也疯狂了一般。

这两个学生尽情求欢，直到公鸡叫了三遍。亚伦通宵未睡，到了天晓之前很觉疲乏，说："再见吧，玛珍，我的甜心，天快亮了，我不能多逗留了，但我可以向你保证，无论我到哪里，我永远是你的人。"

"亲爱的，你去吧，再见了，"她说，"但是在你走之前，我告诉你一个秘密。你回去经过磨坊，在出口的门后会看见一块干面，是你自己的半斗麦粉搓成的，是我帮父亲偷过来的。亲爱的，上帝救助你！"说着她眼睛蓄满了泪水。

亚伦起身，一面想道，"天亮之前，我得返回我同伴的床上。"他的手碰到了摇篮，"真奇怪，"他想，"这一夜我的头好昏哪，我完全走错了，路都走错了，我记得，摇篮是在磨坊主夫妇床边的，我走错了。"

碰到了鬼，他走到磨坊主所睡的床边；还以为爬上了约翰的床，想不到竟钻到了磨坊主身边，抱住了他的颈子，说："你这猪头，约翰，醒了，听我讲件妙事。有圣雅各作证，我在这短短的一夜里，和磨坊主的女儿缠绵了三次，而你却畏缩不前。”

"好，坏蛋！"磨坊主大喊起来。"你这个寡廉鲜耻的东西，不要脸的书生！上帝为证，你死成了！"他掐住亚伦的颈子，亚伦也用力抓住他，两人斗成一团，亚伦一拳打中了磨坊主的鼻子，血流到磨坊主的胸前，两人打得死去活来，满脸是血，滚作一团。后来磨坊主碰着一块石头，向后倒到他妻子身上，她却对此一无所知，这才吓了她一跳，她跳将起来大喊："救命，上帝救我！醒来，有人压在我身上，西门！那两个坏书生打起来了呢！"

约翰马上起身，在墙边一个劲地来回摸，找一根棍子。她也赶紧起身，因她比约翰更熟悉，首先找到了棍子。她从那洞中透进的一丝微颤的月光中，隐隐约约看见两人在打架，她瞥见一个白色的东西，她记得有一个书生好像戴顶睡帽，她瞥见一个白色的东西，想打亚伦一棍，哪知一下打中了磨坊主的秃头，他痛得大喊道："救命，我要被打死了。"两个学生便痛快地把他打了一顿，把他扔在一边，各自穿好衣服，找着了马，带着面粉走了出来，顺便带上他们的半斗已被烤熟的面块。

这个傲慢的磨坊主被痛打了一顿，这便是一个心眼不地道的磨坊主的下场，所以这句古话确实不错，"恶有恶报，善有善报，害人终害己。"上帝在天，救我们大家，不论地位高低，祝福我们大家吧。我讲这个故事，并无它意，只是报复磨坊主而已。

厨师的故事

厨师的故事开场白

　　管家还未讲完，伦敦来的厨师听得高兴，狠狠地拍着他的背。"哈哈!"他道。"上帝知道，这个磨坊主为了一夜留客，倒受了一番教训。所罗门说得好，'不要随便让人进门来'，晚间留宿果然很危险呀。一个人应该多多考虑带人回家。自从我名叫贺奇以来，还没有听到过一个磨坊主吃过偌大的亏；他在暗夜里的确遇到了一些恶作剧。不过上帝不容许我们就此停止! 所以，假若你们愿意听我一个故事，我将尽我的能力讲一个，我是一个穷汉，让我讲这段笑话，这是我们镇上的一件事。"

　　客店老板回道，"我同意，讲吧，罗求，加油讲个搞笑的。你已做过很多肉饼享客，已经冷了又热有两次了，好几个肉馅面饼到了晚上还要抽出油水来。许多朝圣客诅咒过你，因为他们吃了你的肥鹅，拉肚子了；还有你的店铺里苍蝇乱飞。好，讲吧，好罗求。我讲的是一句笑话，请你不要生气；笑话中间往往也可以有些道理呦。"

　　"你说得很对，"罗求答道。"正如法兰德斯人所说，'笑话真，笑话假。'所以，哈利·裴莱，你勿生气，我的故事就是讲一个客店老板。我暂不说穿，在我结束之前，你就可知道了。"他笑了一顿，兴致勃勃地开始了他的故事。

厨师的故事由此开始

（这篇故事在所有的乔叟稿本中都无完稿；有许多稿本在这里插入一篇葛默林的故事，恐非乔叟所作。）

从前我们城里有一个学徒，在粮商协会工作。他活泼新鲜，活似林中一只金翅雀，短小精悍，皮色深黄有如干果，头发梳得整洁。他跳舞很灵活，因此被称做纵乐波金。他是个风流种子，好比满窝蜂蜜，哪家姑娘遇到了他准得腻死。每次婚宴总有他的唱舞；他爱酒店甚于他的店铺。奇白赛街上如有什么游艺会，他肯定会溜出了店；如果他没有从头看完，决不回店。他往往会集一群嗜好相同的人跳唱游耍，有时还约定去巷子里赌博。镇上没有一个学徒能比得波金还善于掷一双骰子的，私下里他向来不怕花钱。他的师父常常查他的账目，发现他的钱柜空了。的确，有了这样一个爱耍的学徒，不断地照顾着姑娘，玩骰子，过着荒唐的生活，那师父的店铺就难免要遭殃，虽然他自己并不参加。无论他这学徒是个怎样出色的琴手，荒唐却容易变为偷窃。

这个终日嬉戏的学徒跟着师父直到出师为止，早晚难免免挨骂，有时还被送进新门监狱，甚至军乐队还在前面领路。有一天，他的师父翻阅契约，想起一句名言，"莫让一颗老鼠屎坏了一锅粥。"一个荒唐的学徒也是如此；开除了他一人为害有限，带坏了其他仆徒就为害不浅了。因此师父给了他停学证书，打发他离去了。于是这学徒脱了身，他即使通宵狂欢也无人过问了！……

游乞僧的故事

游乞僧的故事开场白

　　这位僧士是在限定的区域内的一个游乞者，他在认真地听着巴斯妇的故事，却一直对那法庭差役沉着脸，考虑到面子问题，忍住没有再次出言顶撞他。最后，他对那妇人道，"主妇，愿上帝赐福于你！也愿我可以兴旺；在此你讲了一件非常曲折的事，是应由学院中去研讨的。你说了不少，也讲得很好。问题是，主妇，我们既然是在旅途中寻开心，最好讲些有趣的事；老天爷知晓，我们让教士、学者们去查找经典好了。如果大家愿意，我准备为大家献上一个有关差使的笑话。我的天哪，提到法庭差役这个名字，我们心中就有数肯定不是什么好故事——但愿不要有人不高兴。作为一个差使原本习惯于忙进忙出的生活，为着男女通奸传来唤去，每到一个街道角落里都难免遭人袭击的。"

　　这时我们的客店老板说道，"嗨，先生，你别那么尖酸，你也有你的地位的。咱们之间不应该闹矛盾。你讲你的故事，别再将法院差使包括进去了。"

　　"不，"那法役道，"由他讲好了。轮到我讲故事的时候，我的上帝，我要报复回来的。我将告诉他当一个游乞于限区的僧士是如何神气十足，以及他是怎样一种操守。"

　　"行了，行了，废话少说了，"我们的老板道。他对游乞僧说："我的先生，讲你的故事罢。"

游乞僧的故事由此开始

从前在我的家乡曾有一个教区长，他拥有至高无上的权势与威望，对于奸淫、巫术、诽谤和诱惑青年男女等事严惩不怠，事事都雷厉风行；还有修道院执事的过犯、破坏遗嘱契约、忽视礼教的，以及其他一些罪行，还有放高利贷和买卖官职等等，他也都不放松。特别是更严惩那些嫖娼卖淫之流的事。一旦他们被拿住，那就只有祈求上苍了。罚款是一种办法，这个法子历来都会被采用。献金太少或什一税付得不足，也不是闹着玩的事；因为教区长的簿子上登有名字，谁欠缺了，主教便拿着权杖来捉拿。他的权限已有规定，他的身旁有一位差使，全英格兰没有比他更诡诈的人；而且他的手下还带有一批和他差不多货色的眼线，报告他有关占人便宜的事，他只需要派遣一两位光棍，就可再多引二三十个人来入伙。这位法院的差使狂妄得有如三月里的野兔，我不免要尽量泄露他的败行。我们游乞僧不在他的管辖之下，他管不到我们，他们一生拿我们没辙。

——法役插道，"彼得！我们也无权管理窑子里的妓女呢。"

"不要讲话，黑魔抓住你！"客店主人说。"让他讲他的故事。行了，继续吧，不管他，虽有法役在叫喊，我的先生，别理他，你还是继续你的！"于是游乞僧接着讲——

这个贼子，这个法役，手上有好几个娼妇供他随时传唤，像英格兰的老鹰被饲鹰者任意诱来手中一样，他们一有消息就来报告。他们和他交往已不是一天两天的事；他们在暗中做他的经手人，他就从中取得不少好处，连他的主人也弄不清楚他到底牟取了多少暴利。正如耶稣的门徒犹大也一样，是一个贼子，他也有自己的钱袋，他的主子只拿到应收得的半数。假若我要给这个差役一个充分的赞扬的话，称他为强盗、鸨主和差吏再合适不过了。妓女们都由他指使，向他告发罗伯特先生，或者是休斯先生，或者是约克，或者是雷克夫等等，说他们都各自去住过夜。因此他跟娼妓们是一伙的。于是他伪造一张传状，将嫖娼双方一块带到牧师会堂上，却将那嫖客的钱财搜刮一空，然后放走妓女。他对那男客道，"朋友，顾及你的面子，愿把你的名字从黑簿子里取消；今后你仍然可以光明正大地做人。我是你的朋友，我可是处处为你着想。"老实说，他那讹诈的方式要我讲两年也讲不完。就算世界上所有的猎犬顺着响声追赶一只受了伤的鹿，还比不上这个差役那样善于寻找一个嫖客、一个奸夫或者情夫那么神速无误没得比。这既是他诈取钱财的最好来源，他就一门心思地专攻这门工夫。

有一次，这个贪多务得的差役乘马去找一个老寡妇，明着是找她有事，实际上是想从她那里捞一把。碰巧在他前面林边有个活泼的乡士也在骑马前进。他身穿一件绿色大氅，头上戴一顶黑花边帽子，身上佩有一张弓，还带有锋利明亮的箭。

"先生，"差役道，"你好，终于赶上您的步伐了！"

"欢迎，"乡士答道，"好人都是朋友！你在这绿树林边骑马，到什么地方去？今天要赶远路吗？"

"没有"差使说，"我就到附近，帮我的主人去收一笔欠款。"

"哦，那么你是个管家了？"

"是的，"他道。他不敢讲出自己的真实身份，因为"差使"那个名字又脏又丑。

"我的上帝！"乡士道。"好兄弟，你是管家，我也是。这个乡间没有人知道我。我愿意跟你拜把子，拜个同行兄弟，只要你同意。我的箱子里有的是金银；你若是有事到我的州郡来，我的财物就是你的。"

"太好了，"差役回答说。他俩彼此伸出手来立誓，义结金兰，至死不变。于是并骑而行，一路兴奋地交谈着。

差役本与一个饶舌害人的鸟一样，最喜欢到处打听了——"兄弟，"他说，"你现在家住哪里？我想哪一天好去找你。"

乡士温和地回答他，"兄弟，"他道，"远在北方，真希望有朝一日咱们再相见。在你我分手之前我将详细指点你，以便于你顺利找到我的住所。"

"那么，兄弟，"差役道，"我请求你，我要请教一些问题，我俩一面骑马前进，你一边教我一些方法，既然咱们都是同行，该可以真心指导我一下，如何才可以在这一行业中取得最大的好处。不要管他什么良心或罪恶；我们就是亲兄弟了，告诉我你的方法。"

"老实说，好兄弟，"乡士道，"实话告诉你，我的薪金很微薄。我的主子对我要求很严，我的职务非常艰苦；我只好依赖敲诈牟利。的确，我能弄到多少就吞下多少；至少，我非用欺诈或强暴的手段来逐年收拢抵补不可。我实在没法子才这样做的。"

"我也如此，"差使接下来说，"上帝知道，除非是太重或太烫的东西，其他的我就全部吞掉了。只要能有方法暗中窃取，我便会毫不顾忌什么良心。我不从中勒索，我就没法活了；这套把戏我也不会忏悔，我咒骂所有的听忏悔的长老牧师们。上帝和圣雅各在此，咱们两人真是有缘！但是，好兄弟，你且告诉我你的姓名吧，"差使说。

这时乡士微笑了一下。"兄弟，"他说，"你想知道吗？实话告诉你，我是一个魔鬼，我的家就是地狱。我骑着马来这里，想搜刮一些东西，看看人们会不会给我。我的搜刮就是我的收入。太巧了，你原来也怀有同样的目的，你想弄些进账，却又不知怎么下手。我也做这勾当，将找遍世界的每一个角落，抓到一个东西到手就好了。"

"呀，天哪！你说的什么？我还以为你是一个真正的乡土呢，"差役道。"你却有个人形，就像我一般，外表跟人一模一样。那么你在地狱中是不是也有一个一定的外形，哪里是你显出原形的地方？"

"不，"他道，"在那里我们没有形体。我们想要什么样就能变出什么样来，或至少可以使你看来好像有个形象，某些时候像人，某些时候像畜牲，某些时候却像天使，这也不算什么稀奇；一位不高明的魔术家都能将你骗住，而我的本领还比他高明得多！"

"那么，"差使问道，"你为什么出行时要变上各种各样的形象呢？选一个固定的模样不是很好呢？"

他回答说："我们要变形以便抓住我们所要抓的东西。"

差使道："这么煞费苦心吗？"

魔鬼说："有很多缘故，亲爱的差役先生。时间不早了，此时时辰已过，而我今天还没有任何收获。我宁愿多花些脑筋去牟利，也不想多费口舌去解释其中的缘故。即使我同你都讲了，以你的智慧，还是领会不了的，我的好兄弟。但是你问我为什么要花这样大的功夫；因为有些时候我也得替上帝做事，依从他的意志，用不同方式，变各种模样，去处理他的人类。的确，没有上帝支持我们，我们也一事无成。有时我们祈求，我们就被特许去害人的肉体，却不能诱惑他的灵魂。请看约伯，我们曾经让他家破人亡过。有时我们也有权力控制灵肉。有些时候我们还得去试探试探人类，使他的灵魂受些折磨，而他的肉体我们得保证毫发无伤；而这一切都是为了至善。只要他可以抵抗得了我们的诱惑，他就可以得救，尽管我们原本只想抓住他，不让他逃脱。有时我们也可以做人的奴役，就像对主教圣邓斯坦那样。我也是"耶稣门徒的奴役。"

但是还要请你如实告诉我，"差使说，"你那各种不同的相貌均用实物做成的吗?"

魔鬼答道，"不，有时我们假冒，有些时候是借助死尸来显出不同的相貌，说起话来入情入理，就像撒母耳对隐多珥的巫婆那般。有人说这不是撒母耳的事；我不懂你们神学中的那种事，不过有一件事我要警告你，我不是跟你开玩笑。你现在虽很想知道我们如何显形，但总有那么一天你将用不着来探听我的事了，我的好兄弟，你不妨用你自己的经验，在教坛上去讲解教义，你可以比维吉尔或但丁在世的时候还讲得更有理。咱们现在加快速度吧；因为除非你丢弃我，我是决不会抛弃你的。"

"不会，"差役道，"绝不会离开你。众所周知，我是一个乡士，我可以对着你发誓。因为，你虽是魔鬼萨生纳斯，但我俩已发了誓，结拜为一生一世的兄弟，我还是要对我的兄弟保持信用，咱俩一同前去敲诈。人们给你的利益由你拿，拿我应得的那一份。如果哪一个多得了一些，我们就平均分配一下，这样我你两人可以同时活下去。"

魔鬼说："这个主意太好了，我立这誓愿。"

说到这里，他俩向前骑去。他们骑到了差使将去的城市郊区，看见一辆车，装满干草。泥潭很深，车子走不动；车夫不停地挥动鞭子，口里狂喊道，"加把劲! 白罗克! 司各托! 千万别泄气! 魔鬼来抓你，你们怎么好似怀孕了，没有力气。我为你们受尽了罪！魔鬼快来呀，缓统拿去这些马啊、车啊、车上的干草啊，快点！"

差役说道，"我们在这里有事好做了。"他悄悄靠近魔鬼，装着无所谓的样子，对他耳语道："听见了吗？好兄弟，快听。你听得车夫讲的什么话吗？愿意将所有的东西都交给你了，你上前去抓住他，他的干草、车子以及三匹马，都是你的了。"

"不，"魔鬼道，"不行，现在还不是时候，上帝知道；他原意不是这样的。你若不信，你自己去问他，稍微等一下，你就明白了。"

车夫拍着马的后身，马低头向前一拖，车移动了，车夫说："好样的，你太棒了！耶稣基督祝福你们，为他所创造的所有东西祝福！拖得好，好灰色儿！求上帝跟圣洛哀保佑你们！感谢上帝！"现在车子拖出了泥潭。

魔鬼说道，"兄弟，我说的什么？这个农夫刚刚是心口不一。我们往前走罢。这里我得不到好处。"

当他俩走出了市镇，差使又悄悄对他的兄弟说道："好兄弟，那里住着一个老寡妇，她吝啬得要命，宁可脑袋都不要，为了一个铜板的东西。我非要拿她十二个铜币不可，就算她发疯了也要，她敢不从的话，否则我就把她提到法庭里去，虽然上帝清楚我拿不出她的任何罪证。但是我看你在我们这地段不懂得如何求生，我要让你见识见识我的手段。"差使敲打着老寡妇的门。

他叫喊道："出来，你这老婆子，我怀疑你肯定藏着一位僧人在家呢。"

寡妇问道："谁在打门？上帝保佑你，先生，你有何贵干？"

他道，"我这里有一张传提状。明日你得到教区长那里当面回答一些问题，否则当心要被逐出教会。"她道，"愿上帝耶稣基督真正救我，我没法去呀！我生了病好多天了。这么漫长的路，我不能骑马或步行，会走死我的，我浑身酸痛。我能不能拿到一张诉状，法役先生，交给一位牧师，代我答复任何被控的事呢？"

差使说："可以，马上付出钱来，让我算算，——十二个铜币，我就可以放你过去。我要强调一点，这对我来讲并无什么好处，好处是我主子的，而不是我。赶快，十二个铜板，我要马上走的，我还有其他的事。"

寡妇道："愿圣马利亚把我救出罪过！十二个铜板呀！我到处找遍了也没有十二个铜币哪，你该明白我只不过是一个糟老太婆。请你对我宽恕些吧！"

差使说："不成，假如我对你开恩，让那臭魔鬼来抓我去，我会为此事而送命。"

寡妇道："唉呀！上帝清楚，我没有犯罪！"

他道，"付我钱，要不然，马利亚在这儿，你曾经给你的老公戴绿帽子，我就把你的新锅拿走，是我替你交了罚款的。"

寡妇道："救救我，你撒谎！我这一辈子从为人妻到成了寡妇，从来没有被传到你的法庭上去过，迄今为止也没做出过有辱贞节的事！你那本身我看是该交给魔鬼了，连同我的锅子，让那又黑又粗的魔鬼抓走吧！"

当魔鬼听到她跪着真心发咒，便问道："麦白莉，我亲爱的主妇，你所说的话是真诚的吗？"

寡妇说："在他未死之前，锅子和其他的都给他，愿魔鬼抓他去，除非他悔过自新！"

差使道："不，老婆子，我没有意思悔罪，我将你所有的东西都拿走也不后悔，我还要拿你的衬衣和所有的衣服呢。"

魔鬼说："兄弟，不要生气，公平交易，你的身体跟这只新锅已归我所有了。今天晚上请你同我一起进地狱去，在那里你将能够更进一步地了解我们的秘密，比任何神学家还家得高明。"魔鬼一边说一边将差使整个儿捉住，连身带魂，跟了他来到了差役所应到的地方。

上帝照他自己的形象创造了人类，希望他引导我们，让这个差役成为一个好人！诸位，如果差役肯让我充分地讲的话，我还能够告诉你们《圣经》和其他圣徒行传里的许多故事，告诉你们多少苦刑，让你们不寒而栗；我虽讲上一千个冬天，也无法说尽那阴曹地府的罪孽深重的痛苦。但是我们还是避免那幽地吧，谨慎从事，祈求耶稣的宽恕，远离那罪恶的深渊吧。保佑我们，勿让那诱人的萨生纳斯来抓了我们。大家听我一句劝告，提高警惕罢。凶残的狮子无时不在寻找、扑杀无辜的人；安排着你的心灵，抵御恶魔的引诱，他无时无刻不想奴役你。他不能超过你的能力来试探你，因为基督会无时不在你左右。愿这些差役们在魔鬼还未抓住他们之前，忏悔自己的罪行吧！

侍从的故事

侍从的故事引言

"侍从，走过来，你要明白，如果你同意，就来讲一个爱情故事。""好吧，先生，我决不违反你的意愿，我会讲一个故事，我讲得不好，请多包涵。"侍从道。

侍从的故事开始

在鞑靼国中萨雷地方曾有一个国王，他住在萨雷，因进攻俄罗斯，许多勇士都战死了。当时，他的声誉和才能，任何一个国家的国王都不能比。凡是帝王所应有的一切品质他都齐备。他终身信仰所属的教派。他像大地的中心一般稳健、勇敢、明智、信用、公正；他年轻、活泼、坚强，如朝廷的武士。他是一流人物，是幸运的受宠者，他的高贵无人能及。

这位鞑靼王成吉思汗和他的王后爱尔菲达育有二男一女，他们的名字分别是阿尔加西夫、成巴尔。还有一个女儿名叫肯纳茜，长得明眸皓齿、貌若天仙——总之，我的舌尖和技能都无法描述她的美貌；除非是个善于辞令、懂得语言奥妙的大家，才能写出她的姿色。我并不是语言学家，只是尽我所能罢了。

成吉思汗在萨雷城中宣告，（当时恰逢他执政二十年），每年的三月中旬是他的生辰之日。这一日，天和气新，小鸟儿也自由自在地在阳光的沐浴下放声高歌，它们感得已有保障，歌唱它们已不再担忧凛冽的寒风。这时太阳神费白斯正欢欣明亮，它高高站在荧惑星座上面，进入了燥热的白羊宫宿。

成吉思汗穿戴起皇冠盛服，高高坐在宝殿上。至于筵席上的菜肴，宫廷的气派，若要我详叙起来，一个冬天的时间是远远不够的。至于筵席上的菜肴，有如嫩鹭、天鹅之类，还有一些在我国认为低贱的，他们却敬之为珍异之物。这一切我不多谈了，因为我不能将时间再浪费在这上面，让我们回到故事上来。

在上过第三道菜之后，即第四道菜未上以前，忽而由庭门进来一个武士，手拿一面大玻璃镜，从大厅的门直驱而入。拇指上戴了一枚金戒，腰间佩着未上鞘的剑。他一径骑到高席前面。此时，这时全庭无声，个个眼睛睁得铜铃似的——大家都被这武士惊呆了。

这位年轻武士除了头部，全身战服是华丽的，他依次向国王、王后、各位公侯行过礼，言辞姿态都十分恭敬，即使是古时的哥温武士从仙国归来也抵不上他。他的声音宏亮，表情适宜，神情庄重，当时的氛围我无法用自己的语言描述出唯有凭借记忆将他的大意讲出来，以便让人明白。

"我的主公，阿拉伯和印度的君王在这节日谨向你致贺，派遣我来恭听您的各种指示，赠送给你这匹铜马。它是造马之人，熟谙其中巧妙；是经历过数个星象运转的等待、运用许多机巧精制而成的。这匹马能由你的意愿，不论是风和日丽还是雷电交加，到处驰骋，带你想到的任何地方，绝不伤人。你若愿同鹰一般高入云端，就算您疲倦睡着了，在转瞬间又可回来。

"还有我手中这面镜子，它能助您分清敌友，能显示着袭击你国境的任何不法之人。更神奇的是，如有明媚的女子将她的心交给了一个情郎，通过镜子她可以看清他的心，他若有异心，镜子就会将他曝光，如何求取新欢，任何阴谋诡计都掩盖不了。他命我将这面镜子和这枚戒指，当面将它们赠送给至善至美的肯纳茜公主。她如戴上戒指，并把手放入口袋里，空中百鸟之语她都能懂得，而且她还会鸟语。每一棵有根的草能医治何人，不论那人伤势如何，她都能知晓。

"我身旁所挂的这把明剑有这样的效能：能穿透厚如树杆的盔甲；除非你饶恕他，用剑的平面拍打受伤人的伤口处，他的伤口就可以愈合了。也就是说，只有用原剑平面在原伤口上拍打一下，那伤口才可合拢。所有这些都是真的，一点没有夸张；你留住这宝物一天，就有一天的功用。"

武士说完，骑着马出庭，周身闪光的铜马巍然屹立院中。于是有人招待武士进去，帮助他脱下盔甲，请上席间坐下。那些礼物，剑和镜由指定的侍从送到高楼，金戒指直接交给正在席间的肯纳茜公主。的确，全不虚传，那铜马像生了根似的立在地上，再也动不了。就算用绞车和滑轮去拉，一寸也不动；无人能明晓其中秘巧，这也是情理中的事。大家只得暂且让开，等武士来教他们移动的方法，下面请听我细细道来。

众人蜂拥着都来看这匹不动的马；只见它身材高大魁梧、健壮，有那眼睛和真马一样灵活转动着，好似亚浦利亚的骏马一样。在众人的眼里，这匹马从头到尾没有丝毫缺陷，简直是巧夺天工。但大家都惊异着想看它如何行动，他们七嘴八舌，像蜂群一样各抒己见。他们背诵着古诗，说那是神话中的飞马，可用两翼腾空；有人说那简直就是古书中所记载的希腊人击败特罗亚人时所用的大木马。有一个人说，"我心中有些害怕了，说不准有许多士兵藏在里面，阴谋着攻打我们这座城池。最好别大意。"另一人低声向他的同伴道，"胡说八道，我看这好像是魔术所形成，"他们聚在一起，胡乱猜测，他们如是喋喋不休，只能凭空捏造一些理由来阐释他们对于他无法了解的事物。他们的猜测越多，错误越多。

那镜子虽已藏起，有人却想知道奥妙何在，想不出为什么它能照出那些东西来。有人解释说，可能是自然的角度和精妙的反照所致，跟罗马那面奇镜一样。他们装作学识渊博，活似阿尔哈生、维得罗、亚里士多德曾论及奇镜与投影、反光、等原理的人。凡是读过他们的书的人都会懂得那些东西。

其他的人又觉得那把能戳穿一切的剑确是奇特；于是他们又将话题扯到德列夫斯王以及阿基利斯的枪矛，以及能用同一枪矛救治被刺的人。他们谈及种种方法能使金属坚硬，如何用药物在某些时间里使其变硬等乌虚有的事。这许多都是未知的事，反正我是一点也不懂。

　　然后他们谈到肯纳茜的金戒。大家持相同的意见，除非摩西和所罗门王相传有过这样的技能，别的地方还会有这样一枚戒指存在，他们是闻所未闻。人人这样议论着，七八成群。有人说，有些人说，把凤尾草烧成灰，所做的镜子也是很奇特的，而玻璃和凤尾草灰却是并然不同的东西。说大家都懂得这些技巧，他们的好奇心不一会就过了，大家便兴致乏乏了。于是，有些人却谈到雷声的来源委实令人猜测不已：潮汐、雷声、雾气和晴空的来源是如何地变幻莫测。大家讨论、解说，喧扰不已。后来，国王忽地从筵席中站了起来。

　　这时太阳已离开了子午线，高贵的狮子星座带着他前爪边的怪蛇仍在上移。响亮的乐队在他前面引路，他步行到朝见堂，那里乐队继续奏着不同的曲调，恰似天上仙殿一般。爱神维娜斯高坐双鱼宫座，观看着她的青年手下们在快乐地舞蹈。

　　高贵的君王坐上了宝座，传令请贵宾前来，于是武士和肯纳茜都参加舞会。那场面非常热闹，决不是一个笨拙的人所能描写的，他必须深谙情场和爱情的基调，还应有春光一样活泼的心，才可以说出此中奥妙。否则，谁能讲得出舞蹈中的姿态，——那种流动的秋波掩饰、那种罕见的、愉悦的动作，给惟妙惟肖地描绘出来呢？或许只有武士朗司洛，无人能抵。而他却早已不在人间了。所以我只能讲他们的夜宴，这个欢乐的场面就不再讲了。

　　在乐曲演奏之中，家宰赶送香料和酒。侍者和随从都赶忙出来取酒和香料，大家吃着、喝着；饭毕后，依照成例，来到庙堂。天黑之前，晚餐开始了。谁也知道君王宴席上佳肴丰盛，我见识浅薄，也就不一一地唠叨了。

　　餐后国王来看铜马，公侯后妃们都随着。他们看见铜马无不惊奇，自打奇马攻进特罗亚曾一度让众人羡慕来，还没有见过同样的事。后来，国王向武士请教这铜马的效能以及驾驭的办法。武士拿起马缰，那马便活过来了，他说，"国王，让我来向你一人说明。你只要在乘骑时转动马耳中的一根针，你应告它你愿去何国何地，到了目的地后，告它从空中降落，转动另一根针就可以了，全部机巧只在这一点，你能自如地操纵它。"即使全世界人要逼它移动，它也会岿然不动，哪怕是挪动一点！

"或者你要它离你自去，它便会立刻消失。不论是昼是夜，你都可以召它至你身边。至于如何吩咐，等一下我会单独教您。你何时要骑即何时可骑，方便之至。"

国王听了武士指点之后，异常高兴，心中已有几分把握，又回去宴乐。他的一切珍宝保管一处，马缰被收进了楼阁。铜马已不见了，我也说不出所以然。这里我暂放下成吉思汗，由他去和公侯们摆酒设宴，欢庆取乐，直到天色将晓才止。

第二部开始

睡神像温柔的小护士一样告诉他们，这时对他们闪霎着眼帘，在酒醉疲劳之后必须有适当休息；它打着呵欠吻他们，告诉他们保重自己的身体，它是自然之友。因此，他们心存对它的谢意，他们于是打起呵欠，三三两两地去睡了。他们知道这是最合适妥当的事。至于他们都做了些什么样的梦，我也不得而知，他们头中醺满了酒雾，反正饮酒过多必然会引起许多莫名的梦。他们大都睡到白日高照的时分，仅有肯纳茜一人老早醒来。她喝酒有度，天还有昏黄她便就寝了。她不愿脸上发白，或晨起时还显出倦容。早晨一觉醒来，她想到那奇戒怪镜，心中就按捺不住兴奋。那奇镜在她脑海留下深刻印象，她作了一个关于神镜的梦。在太阳尚未高升之前，她就唤来一位贴身保姆，准备起床。保姆本是一个聪明年长的妇人，她问道："公主，大家都还没起床呢。这一清早你起来往哪里去呢？"

"我不想睡了，想出去透透气，"她说。

保姆就喊起了十来个侍婢。这个季节温馨得令人流连忘返。她穿着停当，走了出来——清晨的太阳还未完全升起。她在园中走下一条树间小径，像那旭日一样充满了朝气。她的身后跟着几个家婢。由地面上升的水气推拥着又大又红的太阳；风和气爽，人们的心情欢跃起来。她听到鸟儿的歌唱，立即懂得它们的内心意念。

一篇故事的中心如果推得过迟，就会让听众感到索然无味。所以我想应该立刻拉回中心，让高潮早些展现出来。

肯纳茜正在游逛，忽然听到一只驻立在高树顶上的苍鹰的凄厉叫声，响彻全林。那是一只像石灰般白白瘦瘦的苍鹰。它一面高叫，一面啄毁着自己，那不断扇动的双翅汩汩流下鲜血。即使林中有猛兽看见，也会被勾起怜悯之心，为它哭泣。而这只鹰却很美观，它拥有洁白的羽毛，和罕有的外形，可以说是独一无二。它似乎是一个异国的产物，倒像是被流放至此；此刻它在树枝上，因为流血过多，晕了多次，差不多要坠下地来。

美貌的公主手上戴着那奇特的戒指，所以她能听懂那苍鹰的诉衷，也悲从中来。她马上走到树下，展开长裙，哀怜地看着它，以免它因伤心下坠。她守候了许久，才向它问道：

"你是为了什么如此凶猛地残毁自己？能告诉我吗？是不是为了死去的爱人而悲哀，还是为了死去的伙伴？我知道，这两件事往往易使柔肠感受苦痛。其他的伤心事还不至于这样，因为你在戕害你自己，可见不是为了爱情就是为了胆怯。我既不见有人在逐猎你，你就不应自残。这有什么用呢？在这个世界上，我还没有见过任何鸟兽，如此伤心欲绝。我同情你，差不多要同你一样悲痛。为了上帝的仁慈，请你下树来；我身为一国公主，只要我知道你的烦恼所在，我会马上尽全力去解脱你的伤痛。主，救助我吧！我必找出许多药草使你的伤痕可以立愈。"

苍鹰更加高声惨鸣，昏死过去，摔下地来。肯纳茜将它拾起放在膝上，轻轻地抚摸着它。不久它醒了，用鸟语对她娓娓说道："善良美丽的肯纳茜，生来就是一副女子的纯良品德，圣贤曾说过，同情能令人看到希冀，原来一个温良的心肠必然反映出温良的行动。既然你帮助我、同情我，却愿听从你的恩示，希望多少能给旁人一些警训，犹如一只狮子，也可通过一只受到处罚的狗学到某些教训。——就为了这些，美丽的肯纳茜公主，我将利用有余的时间，向你诉说。"

在它诉苦的时候，公主的泪似泉水一般往外涌。还是苍鹰止住了她的哭泣。它深深地叹了口气，然后倾吐它的心事："我的童年是在那灰褐色的大理石岩中度过的——啊，那是不幸的一天！——我原本生活得很惬意，一无烦忧，从不懂得什么叫灾难，这样度着日子直到能在天空飞翔。后来，一只住在旁边的雄鹰粉碎了这一切幸福。表面看来竟是崇高品德的源泉，但他的内心却奸滑狡诈。披着谦和真诚的外衣，在他那温柔谦逊的外衣下，谁也看不出他有偌大的本领，犹如躲在花下的毒蛇，竟深深地躲藏在保护色泽之下，随时可能伤人！他也一样能假意殷勤，表面上做到了爱人所能做到的所有事情，如同一位爱神！正如一座坟墓，外表装饰得富丽堂皇，却谁都知道内中却是一具尸首，这个伪道者便是如此。外面热，里面冷，这便是只有魔鬼才知道他的方式。

"他向我苦求，许下许多山盟海誓的诺言，而我这颗赤心、这条柔肠，全看不见他深藏的那份虚伪。我深怕他会因相思而死，我相信他的真心，在公开的场合或私地里他都声明着绝对尊崇我的品格和名誉；也就是说，他的才智完全令我倾心，而许愿了我的终身，一心一意，毫无怨言，和他订下了金石之盟，我盼望着自己的一颗真诚的心去打动他的心。

"俗语说得好，'路遥知马力，日久见人心。'当他看到事情发展下去，我已完全地投入他的怀抱，对他一心一意，并且正如他的盟誓那样，将一颗爱心完整地交给我一样，这时这个口是心非的坏蛋装得非常真诚、温柔，真像个情场的幸运儿，跪下来求我嫁给他。直到后来他像詹生和特罗亚的巴黎斯一样抛弃了我，仍是满口的仁慈和爱。至于他假仁假义的本领，令天下所有痴心的女子争风吃醋。因此我爱他如命，他的意念就是我的信仰，只消是在情理之内，而无损于我的自尊，我什么都愿为他干。上帝知道，除了他，我没爱过其他的任何一个。

"这样过了一两年，他的完美形象一直蒙住了我的双眼。后来，命运决定了他必须离我而去，他抛下了孤零零的我，独自离去。我是否痛心，自然不在话下；我也无法描述。由于他要离开我而所致的悲痛，就可以看出为此我流过多少血泪，我就可以想象到死亡的痛苦。那一天，他向我告辞，他也表示着十分痛心。我仅仅认为他是为了追求自己的前程，想他会在短期内回来，因此我善意地忍受着。在他的面前我尽量不表现愁烦，对他牵肠挂肚，以圣约翰为誓，对他说道，'哦，我已完全属于你了，不论你走到天涯海角，我的爱将永远不变！'他的回答不必重复了；与往日一样是那样的完美。可是在实际行动上却又有谁比他做得更可恶呢！他表达了他的虚伪的爱之后，就按照他的意志而实行。有人曾经告诉我——'同魔鬼一起吃饭，就必须准备一把很长的汤匙。'

"我相信他心中记取了这句俗话，——'任何能重返本性的东西，自然就会如鱼得水一样高兴起来。'自离我而去后，在那里他安心住了下来。喜新厌旧自古使然，正如一只喂在笼里的鸟一样，不论你如何日夜喂它、爱护它，拿牛奶面包给它吃，还给它蜜糖，可是你一旦离开了它，它就马上踢翻了饲杯，飞往林中，啄食昆虫。本性就是好变的；它才不会受约束——哪怕那份约束是为了它好；即使它出身权贵也无从使它接受约束。那位雄鹰便是如此！他虽是贵族子弟，风流倜傥，大方得体，可是有一次他见了一只鸢在飞翔。为了鸢，他忘记了我们的金石誓言！这只鸢占住了他的爱，从此就视我如粪土了！"苍鹰说完，又厉声一叫，再次昏死在肯纳茜身上。

肯纳茜为它十分悲恸，侍婢们痛哭流涕——她们都不知应如何安慰它才好。公主将它用裙裹住，带了回家，用胶布轻轻地包扎好它的伤口。从地上挖出药草，去野外找了许多稀罕的色泽艳丽的花卉调制成软膏，为它抚治，朝夕不停。肯纳茜在床头做起一架笼子，蓝色绒布的笼罩（那表示着女子的贞操），罩在为它准备的小笼子上。笼外上了绿色，绘了许多背信弃义的鸟儿，如雄鹰、枭鸥、鸥鷘等等，旁边还有鹊鸟做着嘲笑的模样。

现在我暂时放开肯纳茜；也不提她的戒指，且候着一天苍鹰和她的情郎重圆，王子成巴鲁是如何出面调停，雄鹰是如何痛悔前非。在故事继续讲下去前，要先讲一下许多战事，以及充夹其中的一些众所未闻的奇迹。我将叙述成吉思汗如何攻克城池；阿尔加西夫与希渥朵拉如何成婚；全靠那铜马得力；最后再说说成巴鲁为了肯纳茜如何在竞技场上与两个兄弟决战，才获得了肯纳茜。说完这些，我才能回到苍鹰的事上来。

第三部开始

日神阿波罗驱车已远，众星辰中那狡猾的——

下接自由农对侍从、客店老板以及我自己的对话：

"的确，侍从，你讲得真不错，你年纪轻轻，便能讲出这篇合乎你身份地位的故事，很懂得些道理。应受到称赞，"自由农说。"先生，我很欣赏，你讲得如此真挚。在这许多人中间，你的口才最棒。愿上帝祝福你，在未来的道路上，你能获取更多的贤智，我听了之后很觉满意。我有一个儿子，愿三位一体的神照顾他，希望他以后和你一般贤明、通情达理。我现在虽有些田地，每年可得租金二十镑，但我情愿他长大成人后能像你一样。一个人光有财物是不行的，没有道德学识，就是废人一个。我常责训我的儿子，儿子不学好，酷爱赌博，把他所有的钱花完、赌完，整天和童仆一起谈笑。"

"什么文雅不文雅！嘿，地主！"客店老板说："你知道，你们每人必须讲一个故事，谁就犯规了。"

"我知道的，先生。我无非是同这位先生讲了几句闲话，别责怪我了。"自由农嘟哝着。

"行了，开始你的故事吧！"

"老板，我听从你的话。"他说，"我全听您的，只要我有这能力，绝不食言。愿上帝使你喜欢我的这个故事。"

自由农的故事

自由农的故事开场白

　　古时候的不列颠人弹唱过不少往事陈迹，用古诗韵弹，这些歌词他们唱起来配合乐器，或者朗诵着。为的是取乐。现在我将尽力把我听过的一首长歌讲述出来。我是一个粗俗的人，只怕难以真实表达出它的言辞。我没有学过修辞，讲起来难免简陋。我没有在诗国的帕纳寒斯山上受过熏染，也没读过词章大家西塞禄的词。文章的色泽，我一窍不通。修辞中的五颜六色对我是太微妙了，我的灵感太少。但你们若愿意，我就慢慢讲给你们听。

自由农的故事由此开始

　　在阿玛利亚，从前也叫布勒塔尼——，有一个武士叫阿浮拉格斯，曾爱上了一位贵妇，对她尽献殷勤。为换得了她的心，他花了许多时间与心血。自从爱上这位美色无比，出身高贵的贵妇后，武士就整日痛苦，一向不敢向她透露心事。直至有一天，她觉察他人品高超，对她关怀倍至，她心中发出怜悯，终于肯答应与他终生为伴。为了生活的幸福，他向她发誓，为她的意愿效劳到底，决不阻拦，除了为了体面而保持夫权的名义以外，所有的事都遵循她的意愿，终身宠爱她。

　　她向他道谢，既然他如此豁达，自愿给我支配权，上帝作证，绝不会做下有违他们夫妻之间幸福的事。她说也愿永远为他的卑顺的妻。

　　他俩心中十分安定。诸位，我敢说，朋友交好，若要情持久，就必须谦让互爱。爱情是受不住压制的；压力只会折断爱神的翅膀，只会让爱情受伤！爱情和任何灵魄同样自由。说句实话，婚姻中的男女都同样需要自由的。忍耐是一种高尚的美德；人与人之间实在不该因一些琐事而互相谴责。人总不免有时讲错一句话，或做错一件事，人与人之间只会产生仇恨、恼怒、争吵，我们并不能把每一点过犯都算清。那个武士，为了要彼此和睦，容忍妻子的一切，把自己的自由交给妻子。她也向他立誓，同样地对待他。他得有权威，也得到了约束。当然，他还是很幸福的，因为他既娶得了妻，又赢得了爱。

　　婚后的他们在家中过着安乐的生活，他带她回到了离彭马克不远的家乡。这种欢乐的生活了一年多，后来他为了在一生致力的武艺场中取得荣誉，准备去英格兰住一两年。

　　现在我将放下阿浮拉格斯，先来说说妻子朵丽根。她爱她的丈夫像心头的热血一般，自打他离家后，终日以泪洗面，像每个高贵的夫人那样思念着丈夫。她整天思念着他，减食愁思着。他不回来，觉得世上万事都一无聊赖。她的朋友们知道后，都来劝慰她，说她这样长此下去，就是在慢性自杀。她们努力安慰她，将她从思念的深潭中拽出来。

　　你们大家知道，一块石头如果继续不断地磨刻，最终会留下痕迹的。所以，在她们日夜不停地劝慰她之后，她渐渐恢复理性，引起了一点希望，她不能永远生活在相思中，她的悲痛慢慢减轻了；她要振作起来。阿浮拉格斯也曾带信回来，报告平安，信上说他很快就能回来，假如不是这个信息，她早就因郁闷伤心而死了。朋友们见她展开了愁颜，祈求她与大家游玩，消遣心中的郁闷。最后，她答应了大家，觉得只有这样最好。

　　原来她家堡宅筑在海岸边，为了消遣，她常和朋友在岸上散步，看海上来往的船只。可是这情景又引起了她的伤痛。她常望着海边自语着，"啊，这许多船只难道就没有一只可送我丈夫回来吗？他一日不回来，我的心一日不得安宁啊！"

有一次，她坐下沉思，蓦然间见到那突兀的黑岩，她心中悸动，浑身起了疙瘩。她坐在草地上，满目忧伤地注视着海面，悲叹道：

"永生的上帝，你以自然规律掌治万物，可是，仁慈的主啊，在你那毫无挑剔之处的创造物中，但是，上帝，这些狰狞的黑岩，却是如此的毫无用途！这类东西并不能产生任何人类或鸟兽，又不能给人指示方向，徒增厌恶。看到吗，主，它是毁灭人类的东西呵！这些岩石曾经沾满了多少的鲜血呀，虽然我一时算不出究有多少；但是，仁慈的主啊，却是你仿照你自己的形象所造成的完美创作品。既然你一直在眷顾着我们，为什么又用这些有损无益的方法去陷害人类呢？或许学者们会辩解说，一切都是为好，可我却一点也看不出来。愿创造风云的上帝保佑我的丈夫！为了我丈夫的性命，让这些鬼岩石去地狱吧！一切诡辩的能事我惟有交给学者们了，我只求我的丈夫平安归来。这些岩石真够使我吓得心惊肉跳呢。"

她这样自言自语，黯然落泪。她的朋友们见她如此，不能开心，反而添愁，倍增伤情，于是又带她到旁处去。带她去游山玩水；怂恿她去下棋、玩牌、跳舞。有一天早晨，她们同去附近花园中整天游玩，时值五月六日，柔雨洗染了园中的红花绿叶。除了上帝的乐园外，人间没有第二个了。园中的清鲜美景与花卉的芬芳确能令人心旷神怡，谁都会感动于这良辰美景，除非他愁病重重。宴后，人们开始翩翩起舞，只有朵丽根在舞会中不见她的意中人，自己一个人坐着。当然，她虽懊丧，却也不得不静待时日的迁移，只盼着心上人归来。

舞会中男子很多，其中有一位青年，风流倜傥，无论他的歌、舞蹈、年轻、健壮、富有、知礼、品德，无人能及，人见人爱。简捷地说，反正事实总是藏不住，我不妨说出来。这位爱神维娜斯手下的一位青年，奥蕾利斯，早在两年前就喜欢朵丽根，而她却全然不知。两年来，他伤心，他喝的是相思的苦酒，除了用歌词表达丝丝爱意外，不敢吐露太多。他说，他爱，却没有被爱。他用许多短曲、循环词、诉歌、两韵诗来述说他不敢发泄的隐痛，来寄托他的相思。他说他会孤苦终老，他惟有偶而在舞会上，向她投去匆匆的深情的一瞥，可是她却丝毫不了解他的心意。

他原是朵丽根的邻居，是一个受人爱戴的人，所以在没有离开舞会之前，他们便攀谈了起来。奥蕾利斯慢慢引到他的题目上来，他不失时机地说，"夫人，有万物的创造者为证，自你的阿浮拉格斯出海的那天起，也就应该出门而去，不再回来，但由于我敬爱、羡慕你，却至今仍不忍离去。我所得的酬偿无非使我心伤欲碎。夫人，望你能体谅我、宽恕我——只消你一句话就可以生我或杀我，你说些什么呀，亲爱的，否则我宁有一死了之了！"

她眼看着奥蕾利斯说道："奥蕾利斯，我从来都不知道，你心中原来是这样的念头吗？上天保佑，勿使我在知觉健全的时候在言行上做一个不忠贞的妻子。我已将终身托付于他，我已归他所有。这就是我的答案。"但是，后来她对他却讲了一句笑话："上苍在天，我或许还可以爱你，因为你是那么的伤心。奥蕾利斯，哪一天你如果能把这海岸边的岩石一块块都搬走了，使任何船只都畅通无阻地行驶，——我是说，你若能把这些岩石都清除得看不见了，我便会比其他人更爱你。这一点我可以向你保证，我说话算数。"

"你就不能再宽恩一些了吗？"他问。

"有给我生命的神在上！别无他法！"她说，"奥蕾利斯，一个人爱上一个有夫之妇有什么意味呢？早些忘了这些吧！我的丈夫时时牵动着我的神经呢。"

奥蕾利斯连声叹气。听她说完，他凄然说道："夫人，这是一件不可能的事！我唯有悲伤而死了。"他说着就转过身来。她的朋友们正在外面玩乐着，全未知悉这段经过。直至太阳西下，他们个个开心满意回到自己家中，只有奥蕾利斯一人迈着沉重的脚步回去。眼见得自己已绝了望，他浑身颤抖不已。他向天空举起双手，疯疯癫癫地半跪在地，失魂落魄，神志恍惚，也不知道口里说些什么；苦苦祈祷，先向太阳神诉说着：

"阿波罗，"他说，"花草树木的主宰，你依照宫廷的角度，天南海北，给了自然界的一切适当的时季，费白斯，请你给我指点迷津，否则我就无路可走了。主啊，我的心上人已给我判了死刑，除非你的仁慈能照看我这垂死的心。除我的心爱之外，只有你能救我了，如果你垂怜的话。你的幸福的妹妹，明亮的露新娜，虽然纳波琼统治着海水，她却仍是那海面的后王。日神，你可知，她的意愿是由你的圆镜而取得光明的，因而，她紧追随着你，由此之故，海洋才依从着她的吩咐，日神，我的心已悲伤之极，显示出这个奇迹来，下次在天位对峙之时，应是在狮座之中，我求她涨超大潮，海水超过不列颠海边最高的岩石五尺之上，并使这大水维持到两年。到那时，我就可以对心上人说，'履行你的诺言，那岩石都已不见了'日神，在两年中我求你的妹妹不要比你跑得更快；求你能创出奇迹来。让她总是月圆，春潮终日上涨不退。除非她肯这样恩赐于我，将每块岩石都给淹没，我就永远无望了。我这辈子就结束了。费白斯，倘你能帮助我，我一定赤脚步行，朝拜你在德尔斐的神庙。日神，看在我满脸的相思泪的份上，可怜我的痛苦罢。"

说着，他就晕倒了，昏死过去了。他的弟弟本知道他心中的愁烦，扶他到床上休息。这里我暂且将他放开，由他躺着伤心，心坎上受着苦刑。他生死如何，只得由他自己去选择，我是无能为力的。

阿浮拉格斯来到家中，带回了许多武士界的精英——都是负有盛名的人物。朵丽根啊，你现在快乐无穷，你终于与你盼望已久的丈夫团聚了，他既是坚强的武士，又是勇壮的战士。他对你一如既往，并且他又爱你如命，他不断跳舞、比武，就是为了逗你开心。他完全没有怀疑到，在他离开的时候，会有人和她谈爱！

他过着幸福快乐的生活，丝毫没有想到那些呢！

不幸的奥蕾利斯在病榻上受苦，躺了两年之久，此后他才开始下床来，步履蹒跚。此时，除了他的弟弟，没人知道他这份愁苦。他心中所积郁的事，比他爱朵丽根所遭受的不幸比他更多。他的心胸在外表看来虽是完整，可他的内心却如利箭在刺。你们都知道，哀莫大于心死，那内心的致命伤才是最重要的。

他的弟弟躲在一边哭泣，忽然他想起昔日在法国奥尔良的时候——青年学者往往爱钻研魔术，他为此慕名去各地学习，——此刻他记起在那里曾有一天，他曾在他的一个大学同学处发现一本书，在这本书里讲到许多关于天体对人的影响，月宫的二十四座以及另外一些无聊的东西。那时他自己却读另一门课程，便没有放在心上。我们今天看来实在是抵不上一只苍蝇的价值了。——崇仰的神圣教义和真诚，我们不会让虚构荒诞的东西来贻害我们了。但是他一想起那本书，心上就鼓兴起来，暗想到，"我的哥哥马上就可以病愈了。我相信，这世道确存在人为的魔力，能假造出许多幻影，因为戏法家能在大厅上变出河水与船只来。我常在宴会上听人说在一座大厅上，他们还能变出鲜花、葡萄、涂着石灰的堡宅——当这手法家心念一动，马上又能将一切消灭，人人都可目睹它们的消灭。

"所以，现在我可以得出这样一个结论，倘若我能找到奥尔良的同学，懂得月球的宫座或其他魔术，让人们看不见布勒塔尼海边的岩石，且几天内只见船只在海上来去，而人们却察觉不出其中的奥秘，我的哥哥自可病愈了；他的爱情就可以成功——她不得不履行诺言，至少也令她骑虎难下。"

他走到哥哥床边，怂恿他去奥尔良走一趟，他们出发，盼望此行能成功。他们到了离城约半里路光景，他们看见一个青年学者正在独自漫步，向他们很客气地用拉丁语打着招呼，并说了句出其不意的话。他说，"我知道你们是为什么来的，"他没走出几步远，如数家珍似的——他已替他俩道出了他俩的来意。当问起他那些同学时，他答说他们都死了。奥蕾利斯下了马，跟他进了屋。受到他殷勤的招待，拿出了各式各样他们爱吃的东西。奥蕾利斯一生也没有见过这样整齐的人家。

晚饭之前，魔术学者显示出许多东西给他看：处处是野兽的森林和园地，他看见这样的鹿有几百只都被猎犬噬食。一刹那，这些鹿全不见了，他又看到在一条美丽的河边有些猎鸟的人，放逐猎鹰去追杀苍鹰。后来又见有武士们在场中比武。朵丽根正在跳舞（包括奥蕾利斯）。魔术家见时间已久，便赶忙一拍手，于是这些美妙的景象忽而全都不见了。其实，他们虽看见这些奇迹，实际上他们仍然呆在那列满书籍的房中。除了他们三人之外，绝无第四人！

这时魔术家叫他的侍者过来问道："晚餐备得怎么样了？我敢说，差不多在一小时前，我请两位稀客去书房时，就让你备饭了。"

"已预备好了，先生，"侍从说，"现在可以用餐了。"

"那末我们就去吃吧，两位远道而来，也该休息一下了。"

餐后他们谈起要请魔术家把布勒塔尼沿海从吉伦特河到塞纳河口所有岩石全都搬光，并问他需多少钱。他提出了一些难题，没有一千镑不行，即使有这笔款子他还不很乐意答应呢。

奥蕾利斯立即高兴地答道："据说这个世界是个大球，只要是我在掌管全球，我也会送给你。管他什么一千镑！君子一言快马一鞭，决不食言。你稳可拿到这笔款项，只是想请你立马启程，请你赶紧，不可懈怠。"

"我向你起誓，"魔术学者道，"我肯定做到。"

奥蕾利斯就寝，一夜酣眠。管他曾经化了多少心机，如今一切都得到了解脱。到了第二天天明时分，他们就赶到了布勒塔尼。这时正是十二月的寒霜时节。此时太阳像个百岁老人一样，颜色像黄铜一般，灰暗无泽。寒霜与冰雪摧枯了绿叶。正月的两面神长着两套胡子坐在火边，此刻正盘膝而坐，喝着牛角里的酒；在他的面前挂的是野猪肉，壮士们正在高喊"圣诞节快乐！"

奥蕾利斯一味地对他的导师表示钦佩，急切地求他早些施展法术，否则他就把自己一刀刺死算了。这位法术家怀着怜悯之心，施展浑身法力，赶忙开始，创造出我亦不懂的幻景或其他妙术，众人看了都会说，"喷，真怪，布勒塔尼的岩石全没有了，是被海水淹没了吗?"他拿出他的多勒多式的计算表，还有种种工具，——如百年计，周年计，纪元根等等。他取出了所有的害人的迷信工具，在一两星期之内，已将所有的岩石都给搬净了。

奥蕾利斯在失望的边缘挣扎，不知他的未来怎样，是失去还是得到。岩石已都不见了，阻碍已去的消息传来，他立即跪在导师脚下，"导师，我——可怜的人，衷心感谢你将我从深渊中救了出来。"

于是来到庙中，那个可以见到意中人的庙。他凑个机会虚心地向他灵魂的主宰致礼。"噢，我唯一的至爱至亲的人，全世界中你是我所最怕得罪的人——如果得不到你，我甘愿随时死在你的脚下。我无辜地为你吃尽了痛苦，流尽热血。但你虽可以不顾我的生命，但你却不应违背你自己的诺言。为了上帝，在你置我于死地以前，但恳求你实现你昔日的誓言。我并不是说我有什么权力来抓住你的话柄，我只是想提醒你，在那花园中，——就是那个夜晚，你向我许愿，只要海边的岩石全都消失，可以爱我甚于任何其他的人。夫人，还记得你的诺言吗？我已做到了你所吩咐的事，别忘了你的许诺，夫人！只求你能亲眼看一下，是死是活，一切都在你的手中，我的生死全由你支配。上帝知道，那海边的岩石已全消失了。"

他说完就走了，她呆呆地伫立在那儿，脸上全无一点血色。她从未想到会陷入这种泥潭。她道，"啊，事情怎会转变成这样的！怎会呢？这可是违背常理，这是违反自然的事！我当初怎能许下这么荒唐的诺言呢？"

她满心忧虑，回到家中，不敢夸出门半步。在一两天当中，她哭得惨不忍闻。阿浮拉格斯又不在家，她无法对旁人说出自己的愁苦。她只顾苍白着脸，愁眉不展，自言自语。她喃喃自语道，"命运，我向你诉求，你趁我不备，将我束缚，我已无法逃脱，难逃一死。可是我宁死而不愿身子受到羞辱，竭尽全力保全名誉，或自感欺瞒了人。——那样，我宁可一死！"

"从前不是有过多少贞洁的妻子少女，宁愿一死！真的，许多古人书上都可证明。在雅典三十个恶棍狡诈阴毒，于筵席上杀了菲顿，还想将他的女儿们逮来剥得净光奸污，还令她们在父亲的血地上跳舞。可怜他的女儿们，各自在受污之前，均投井而死。古书上不曾记载过吗？还有墨西拿的人们搜捕了斯巴达的五十个处女，想蹂躏她们，可是她们不甘屈服，结果全都被杀。她们宁可一死而不愿丧失了贞操，那么我又何必畏惧死呢？

"请看，暴君亚列斯托克莱底司。他爱了一个女子叫做丝丁姆法丽司。一天她的心上人被杀，她径来苔恩娜庙中抱住偶像不肯放手。结果被杀死在爱人身旁。再看哈斯狄巴的妻又怎样呢？见罗马被迦太基攻陷，为了不受罗马人的屈辱，就和她的儿女们一同跳入火中而死，鲁克丽丝被罗马人强暴后，岂不也自杀了？

"米利都的七个贞女，不肯受高卢人蹂躏，不也都自杀了吗？女子们既都有如此坚强的意志，不失贞洁，我这个为人妻者不更应该如此吗？

"阿帕雷答第被杀之后，妻子毫不犹豫地殉情，让她的血可以流进丈

夫的深而宽阔的伤痕中去，并勇敢地说：'至死我也要守住我的节操，不致受到玷污。'

"自古以来有许多贤妻淑女不也以一死而保持了贞德吗？我又何必想那么多呢，我又何必怯懦呢？我一定要为阿浮拉格斯忠诚到底。哪怕失去自己的性命。塞答呀塞答，你的女儿们也为了贞德而牺牲了，那是多么惊天地泣鬼神的壮举呀！希白斯的女子要免遭尼坎诺的毒手，集体自杀，岂不可歌可泣吗？至于尼塞拉托的妻因同样的处境而自杀，这又何必再提呢？那个对阿尔西白底忠贞不屈的人，不肯让他的尸骨暴露，宁愿一死，那又是多么催人泪下！阿尔西白底又是何等可敬的一个妻子！"

朵丽根这样苦诉了一两天，准备一死了之。可是第三天晚上阿浮拉格斯回到家中，问她为何如此悲戚，她就更哭得伤心。

"啊，我不幸而生！我就和你实话实说吧，"她说，"我立了这个誓愿，"于是，她从头至尾讲了出来。"我立了这个誓愿。"

"就没有其他的办法了吗？"丈夫问。

"我实在受不住了。"她郁闷地说，"愿上帝救助我，我实在活不了了。"

"放心，心爱的人，"他说，"凡事安定下来了就不必再去惊扰它，你的诺言是必须要履行的！愿上帝饶恕我，我是真的深爱着你的。也正为此，我宁愿被利刃刺进心房，也不愿你失信于他人。真诚才是人生最高的美德。"他泪流满面地说，"我要你以自己的生命为证，我永远不许你把这件事告诉旁人，我将尽我所能忍受苦痛，不让外人发现了，从而取笑你。"

于是他叫侍从一人和侍女一人来对他们说道，于是他们只好跟在朵丽根后面，却不知道为了什么。他对旁人只字没提。

可能你们各位会认为他是个蠢汉，竟将自己心爱的人拱手让于他人。但请你们续听我讲，故事还没有结束。也许她还可以遭到好运呢！等故事听完后再下定语。

奥蕾利斯一心想着朵丽根，恰巧在闹集中看到她，她那时正在履行诺言向花园走去。他习惯暗中注意她的行踪，他也正是要去花园。总之，不论是巧遇，还是命运，他俩算是偶遇了。他很高兴地打着招呼，问她去往何处。

她似乎神志不清，浑浑噩噩地说："是我丈夫所吩咐，在花园实现我的诺言。哎——"

奥蕾利斯心中诧异，又非常怜惜她。他觉得阿浮拉格斯如此高贵，能监督她完成誓言，不让她失信，真是难能可贵。他于是非常懊丧羞恨，自疚应反省自己的言行，在高尚的品质之前不能做出如此恶劣的行为。

他诚挚地说："夫人，告诉你的丈夫阿浮拉格斯，他那颗纯洁高尚的心以及对你的关怀令我生愧，他宁愿自己忍辱，也不愿你背信于人——我衷心受到感动，我宁愿让自己永远活在地狱里面、实在不愿破裂你俩的爱。夫人，我现在收回我当日的话，你对我所讲过的话我现在都交还给你，你是我有生以来所知道的一个最完美、最忠贞的妻子，在此和你告别。从今往后，每一个女子讲话都该小心；至少不能重蹈朵丽根的事。你也可以看到，我虽是一个侍从，我还是存有武士一般的精神。"

她赤露着膝向他跪谢，并回去将经过讲述给丈夫听了。他是如何高兴我也讲不了多少了；其实这也毋须我唠叨。阿浮拉格斯和朵丽根过着幸福的生活，他总是将她当成王后一般宠爱着，她也忠诚于他。他们亲密无间，没有任何隔阂存在。关于他俩的事我讲到这里为止。

奥蕾利斯白送了许多金钱，却没有得到一点好处。他咒骂自己。"哎，"他说，"我何不幸，我还答应了魔术家要给他一千镑，我只有将我的祖产卖了，出去行乞了。我该如何是好，我看我的一切都完了。我简直没脸再呆在此地了。只有带累亲友受辱，要么去求法术家宽限一下，请他让我分年按期缴款，并向他表示我的衷心感谢。我必须守信，不要诡计。"

他心中沉重，从柜子里拿出五百镑，来找魔术家请他宽恕："导师，我敢自夸我从不失信，欠你的那些钱我一定会偿还清的。你能否答应我交出抵押，让我在几年里定期还清余款。今后，不管我的遭遇如何，哪怕我乞讨为生，也在所不惜。要么，我只有清卖祖产了。我再没有可说的了。"

听后法术家严肃地说:"我难道没有履行契约吗?"

"你当然履行了,你做的很好。"他惭愧地说。

"你难道没有达到你的愿望,没有如愿得到心上人了?"

他伤心叹息,淡淡地说:"没有,导师。"

"为什么?说给我听听行吗?"

于是奥蕾利斯把一切经过又讲了一遍,大家先前都听见了,我就不赘言了。他道,"阿浮拉格斯有崇高的品德,宁可自己郁闷而死,不愿他的妻子不守信实;妻子却又是那么坚贞不渝,如何不肯做一个不贞的妻,宁可为自己当初那无意中许的诺言去死。"因此我心中不忍拆散如此品性高尚的一对夫妇。"她从未听见过什么魔幻之术,就搭上自己的一生。我的良心实在过不去。正如他自动将她交给了我,我亦同样主动将她交还于他。这是真情,任何东西都难以超越。"

魔术学者因而答道,"好朋友,你们都是在行善。他是一个武士,你是一个侍从。上帝有能,上帝不容,难道我就不能像大家一样做好事嘛!先生,我放弃你的一千镑,就当咱俩从不相识,好似你才从地下钻出来的一般。我先前为你所做的一切魔力,都不要你任何酬报。你已供给了我很长时间的生活了,咱们谁也不欠谁了。够了。再会。"他骑上马走了。

各位,现在我要请问大家一句话:这三人中,谁拥有最宽广的胸怀?我的故事完了。

医生的故事

医生的故事如下

有一位武士，史学家李维讲起过的，浮金尼厄斯武士。武士家境富足，正直高尚，广交富有。

武士与妻子有一个生得十分美貌的宝贝女儿。自然在她身上特别加工。"自然"似乎在炫耀说："大伙看，我多有本事，当我有这意愿的时候，我足可让一个人美得让辟格梅龙嫉妒，任凭他如何冶铸锤炼，雕琢着色，都和我的没法比。我敢断言，茹克锡斯与阿巴利斯即使劳其一生，也会在我的杰作面前觉得不好意思的。原来那位型造之主已派定了我做总教司，我不用听取任何人的意见，就能将主子的心意表描出来——我的主子和我是意同道合的。我既然有能耐造成她，也就有能耐调和其他塑造人物，不论何种色彩形象。""自然"大概在这样的讲，据我揣想。

这女孩十四岁，就吸引了"自然"浓厚的兴趣。如同"自然"给玫瑰上了红色，赋于水仙以白色一样，在她出生之前，自然就为她的臂腿配备了最恰当的光泽。费白斯用他那火热的金光染着她的头发，如同它照耀着金色的沙滩一般。

她的品德完美；她全身上下具备了自古圣贤们所倡导的那种完美。她身心贞洁，就像花朵一样在闺中招展，她的举手投足，无非是谦和、节制、贤淑和娴静；她回话也很有分寸；我毫不夸张地说。

她的一言一语又从不造作，总是豁达大方，温文贤雅，没有女子能跟她比拟。每讲一句话莫不温雅善良。她有处女应有的羞嫩，摒弃懒惰的陋习。酒神白格斯左右不了她的口腔，她从不饮酒。她为了保持自己的品德，从不参加宴乐、舞蹈这类堕落起点的活动，宁可借病躲避。这类习尚具有很大的破坏性，往往使童年早熟，在她们出家前，认为司空见惯，使她们毫无羞耻可言。

所有中年妇人们，包括贵人的保姆，不要听了我的话就心中耿耿；你们之所以会鄙视那份工作应有两种原因：不是你们一向贞洁；就是固为你们已经衰老，没有机会再耍年轻时的那一套把戏了。所以，因此，愿你们为基督之名，把贞德教给年轻的一代，这种情况类似一个江洋大盗醒悟到自己的罪行，后来放弃了这个不正经的行业。所以，中年妇女们，你们应担负起这个责任，只消你们有心，自然会把事情办好；以免你们因用心不善而受到天罚，你们不能放过任何恶习；谁若那样做了，就是背叛了人类。仔细聆听：一切的邪行中，污秽的天真是所有的邪恶行为的源泉。

当父母的人也请听我讲几句话，既然你们有了自己的孩子，不论是一个或是两个，在他们还没有成年前，你们总负了重大的责任。不能因自己不恰当的言行，或是管教不够谨严，伤害了他们的身心；否则，他们万一遭遇这样的命运，那是怎么也补不回来的。一个关心不够的牧羊人就会引狼来噬食羊群。好了，闲话少说，言归正传。

我所讲的这个女子自守惟谨，省却了保姆随时提醒，她处世接物，贤淑大方，为所有年轻女子所钦佩。她的美貌和德行传遍了遐迩；除了那些见不得别人快乐的人和幸灾乐祸的人外，当地的正人君子无不夸奖她。

有一天，这位少女跟着她的母亲去城中一座庙里拜佛。城中有一个法官，是这一带地区的主管，他和这位少女擦肩而过，在她走过身旁的时候仔细打量了一下。他觉得自己喜欢上了这位漂亮的妙龄女子，他私忖道，"这位姑娘必属于我，不管谁，不管什么障碍都不能让我放弃。"他想，这不是强力或金钱所能济事的，这位女子熟识的人中不乏有权的人，人人知道她品德高尚，为准备完全前，他是不能轻率从事的。思量了许久，他找到城中一个粗汉，那是一个胆大心细的人。这法官偷着和他商量了一个见不得人的计谋。并让他他保证决不传播给旁人知道；否则他会被处死。

法官高兴地赏了他各种贵重的赠品。

这个阴谋的每一步骤都决定了，这个叫克洛第厄斯的粗汉就匆匆离去。法官名叫阿比厄斯（这是他的真名，而我所讲的故事也全是史实）的法官忙于付之实施，尽力使他的喜事及早实现。古书上写到，有一天，他正坐在会堂上，审着几宗案件。这粗汉冲进来，说道，"先生，你务必要为我做主，这里是对浮金尼厄斯的诉状。他一定会驳斥我的诉状，我有证据，也可以找到证人。"

法官答道："除非他本人在此，我是无法作最后判决的。把他请来，然后我可以听你的诉状。我会帮你主持公道。在这里，理所当然，你可以得到世上最公正的判决。"

浮金尼厄斯来了，丈二和尚摸不着头脑。于是那张诉状照读了出来，"尊敬的法官阿比厄斯，下人克洛第厄斯我实在冤枉，一个名叫浮金尼厄斯的武士，不守法律，不顾人情，在没得到我的公开允诺之前，扣留了我的合法的奴婢，在她年纪还小的时候，晚间把她偷去。我有证人，你若允许，我可以叫他当庭作证。她原来就不是他的女儿，这是千真万确的事实。为此，我的法官，判他把我的奴婢还给我。"

浮金尼厄斯瞪眼看着那粗汉，他此刻还未回过神，在他还未辩解前，这罪恶的法官竟不加考虑，便匆匆下了如下判决："我判决：这个克洛第厄斯应将他的奴婢收回；浮金尼厄斯先生没有资格再收留这位姑娘。我的判断是这样，把她带来交托给我；还给这克洛第厄斯。"

判决之后，武士只得回到家中，在客厅坐定，脸上像死灰一般，万般不舍地唤出了心爱的女儿，看她那温顺的姿态，不由满怀悲凄，却无意作丝毫的屈服。"女儿，"他说，"我亲爱的浮金尼雅，这里只有两条路可走：去死，或甘愿受辱，你愿走那一条？上天啊！为什么把这么多的不幸降在我身上。你愿走那一条？不该死在刀剑之下。啊，我的生命也因你而终结了，我最爱的女儿，培养你成人是何等的快慰，无论何时何地我从未把你忘记。亲爱的，你是我生平最后的乐趣，也是我最大的悲哀。女儿，贞洁之宝，准备安然就义罢，天意难违。为了爱，为了你好，现在你必须死去。我不忍心亲手砍掉你的头，但我必须这样做。天啊，为什么阿比厄斯看见了你！这是他今天这么判决的原因。"他把实情都——告诉了她，这里就不必多言了。

"啊，天呀，亲爱的父亲，"女儿说，双手搂着父亲的脖子，如她所常做的那样；泪水滴滴滑落下来，"好父亲，我非死不可了么？就没有别的办法了吗？"

"实在没有办法了，我的亲爱的女儿。"他回答道。

"那就给我一些时间。"她说："我的父亲，在我未死之前，让我哀哭我的死亡；当初耶弗在杀他女儿之前，也曾给了她时间哭泣的！上帝也知道她没有丝毫的罪过。她不过是首先跑了出来迎接父亲。"说完，她昏倒在地。醒来后，她站起向父亲道："感谢上帝，让我得以保全处女之身，愿你于我未被辱之前给我一死吧。你对自己的孩子执行意愿吧，上帝会明白的。"

她一再求他轻轻下刀，说完，她又晕倒了。她父亲满心愁苦，最后下定决心，砍下了她的头，提着头发，献给了法官，那时可恶的法官还在会堂等着呢。他见到后便下命把浮金尼厄斯捉住，并宣布立即吊死。但这时千数民众冲进去救下了武士，原来，消息传开后，民众生疑，他们听说克洛第厄斯控告的经过和法官的判决等情况后，因此动了公愤；所有人都知道，他是一个好色之徒。他们大反特反，将法官关进了监狱，最后他在狱中畏罪自杀了。帮凶克洛第厄斯被判处吊死树上；要不是浮金尼厄斯以慈悲为本，为他求情，改判流放，他绝对不可能减刑。至于其他大小同谋的人，不论罪行的大小，一律判为绞刑。

这个故事，表示，罪恶是必有报应的。千万要留神了，谁都不知道上帝会惩罚到哪一个人，也不知道良知会使罪恶的人怎样颤抖，即使除罪犯本人和上帝之外没有旁人知道内情。无论是愚笨、聪明，谁都无法预料何时会胆怯起来。因此，我劝大家可以各自警惕，只要你远离罪恶，罪恶自然无法接近你们。

赦罪僧的故事

前引，客店老板和医生、赦罪僧的对话

我们的老板听后狂咒起来："真见鬼！神圣的十字架；这样可恶的粗汉和黑心肠的法官！应该让这些法官和同谋者统统尝尝绞刑的滋味！可是，还是一样，这位可怜的女子反正被冤屈死了。她的美貌让她付出的代价太昂贵了。所以我说，人们可以知道。上天给了你好东西，自然会附加点代价，往往就是致命之源。是她的美貌葬送了她。呀，她死得好可怜！很冤枉！所以上天赐予的美好事物，往往暗含众多危险。的确，好先生，听了你这个故事令人好生伤心。先不想这个故事了，再听旁的故事罢；我求上帝和圣马利亚照顾你的健康，祝福你的所有物品。你确是个好人，像一个主教一般，自从有了圣罗安在这儿之后。我讲得对不对？我不会说长篇大论，可是我听了之后痛上心头，都快要发疯了。他妈的！混蛋！拿点药来我吃吧，或让我喝一口串味儿的麦芽酒，或是再听一篇轻松愉快的故事，要不然我就活不下去了，一想到这个女子我就要伤心不已。喂，轮到你了，赦罪僧，"他说，"马上来一个好玩的故事吧。"

"圣罗安在此，我来一个，"赦罪僧道："不过我先要去前面酒店喝一杯，吃点面包，才有力气讲故事。"

这时几位正派的人都高声说道，"不能说脏话；叫他讲些劝人为善的事，我们也可以从中获益，那才叫好故事。"

"我同意，"他说，"但我要喝点酒，一面才想得起有益的事来讲呢。"

赦罪僧的故事开场如下

"列位，"他道，"我在教堂里传道，说话声音像钟一样宏亮。对于我所要讲的东西我都记得清清楚楚。我最喜欢的话题永远只有一个——罪恶之源就是贪财。我先让大家知道我的身份，然后拿出教皇的圣谕敕令来，目的让让大家看清楚我证件上主的印章——表示我的身子不能受侵犯，一般的教士或信徒决不敢扰乱我神圣的工作。这后，我才开始讲话，我借用教皇长老的几个拉丁字的传训增加我的威严，促进人们的信心。紧接着向大家出示我的水晶长盒，满盛着布片骨块之类；每个人都以为那是圣教的遗物。我有一块肩骨，用铜片镶边，从一个犹太圣徒的羊群中得到。'好弟兄们，'我说，'注意我所讲的话：只要放这块骨头于任何一眼泉水中清洗，如果一头牛或一只羊因蛇咬了而身上发肿，就用这种泉水给它洗舌头，立刻可以痊愈。还有，牛、羊喝了这种泉水，就可以治疗它的疱、痂、疮、毒。一定要牢记我的话。如果牛羊的主子饿时喝一口泉水，在每星期鸡鸣前，他的牛羊就会繁殖起来，这是一位圣教徒教给我祖先的秘诀。并且，列位，这泉水还能治妒心；一个人妒火中烧时，只消用这泉水做汤喝，他就会相信妻子对他是忠诚的，虽然他明知道她犯了过，甚至她找过两三个教士。

"'我这里还有一副手套。当你戴上这副手套，奇迹就会出现，就可以看见田里的五谷长起来，献出几个铜币或小银币就可以得到这副手套。'

"'不过，善男信女们，有一点我要提醒你们；如果有人碍于面子，假如有人犯了大罪而不敢忏悔，或者是老妇少女，让丈夫当上了乌龟，他们到教堂就不会得到什么灵感，即使献出金银来想沾得我的圣物之福。如果有人知道他是被冤枉的，站上来，以上帝之名献礼，我可以用圣谕的权

威来洗刷他的冤屈。'

"自从我当了赦罪僧以来，靠这些手段，每年可得一百马克的收入。在教坛上，俨然是个牧师模样，那些无知的人坐在下面，我就开讲起来，尽我所能去编造谎言。好像栖在谷仓上的一只鸽子一样东张西望，我努力地伸长脖子张望。我的双手连同我一根舌头都来得十分轻快，如果你看见我当时的样子，保你要赞赏不已。我传教的所有内容都和贪吝有关，我尽量夸张事实，讲得他们非拿钱出来不可，尤其是把钱献给我，我才作罢。我惟一的目的就是谋利，也是我仅有的一个目的，那些什么改过自新的一套我却满不在乎。他们死后，即使他们的灵魂去黑地摸索，也与我无关。毋庸置疑，许多说教的都是由恶意出发，谄媚奉承，都是向上爬的一种手段，有时为的是出风头，也可以说是为了发泄胸中的愤恨。我不敢用其他的方式去同人家算账，我只能用言语去污蔑他，激怒他，于是他被我污蔑了一顿也只好吃瘪。他不用费心惹我或我的同行，因为，我不用提他的名字，但每人都知道我指的是谁，我的种种暗示就足够了。这就是我们抱复手段，就这样假借圣洁之名，在虔诚的神情下，我罪恶的本质得以隐藏。我再说一遍，直截了当，我说教就是为了赚钱，别无他意；我的教题却永远是：贪财是万恶之本。虽然我贪爱钱财，我劝教人家莫犯了我自己所犯下的罪恶，指导他们如何改过自新，不过这不是我主要的目的，我的目的是贪财。

"我于是讲了许多古时的事例。愚蠢的人总喜欢听这些能被他们记下，也能照样传递给人。

"哦！你们难道以为我能说教，能用嘴赚钱就一定要挨饿受苦，我才不会虐待自己呢！我确实从未这样想过。我四处说教，四处讨钱，原来为的是我决不肯用手劳动，不愿像圣保罗那样编篮子喂饱肚子，无非因此我就不致于当闲汉。我跟那些信徒完全不同。我能拿到羊毛、麦子、乳酪、金钱，不管是村里最穷的孩童，或寡妇拿出来的，不顾及她们的孩子是否快要饿死，我还是不肯放过！只要到一个城镇，我就找一个姑娘，喝着葡萄美酒。

"列位，这是最后的结论了。你们要我讲个故事，不是吗？我现在已喝了一大杯麦酒，上帝知道，我保证我讲的故事你们都爱听。虽然我自己是一个坏蛋，但我却很会讲故事，是我在讲经赚钱的时候所常讲的。现在，不要说话了，我马上要开始讲了。"

赦罪僧的故事由此开始

从前在法兰德斯有一伙年轻人，他们吃喝嫖赌样样精通，琴管琵琶，终日沉湎酒色之中，全无节制地跳着一些为人所不齿的舞蹈。在庙堂上崇拜魔王，鄙视神明，他们发着犯神的狂誓，听了让人不寒而栗；把救主耶稣诅咒得体无完肤；觉得犹太人对耶稣太仁慈了，至少应该把他大卸八块。并且个个都还戏嘲着彼此的罪恶。还有漂亮的舞女、卖水果的、弹唱的、卖淫的，无非是魔王的使者来吹燃起欲火。酒色不分家，这从圣书上可以找到根据，但酒醉和癫狂往往相伴荒淫无度。

事实说明一切：请看圣经上的罗得，酒醉之后和自己的两个女儿共卧一榻，发生乱伦。犹太王希律，谁都可以在史书上看到，在欢宴上喝醉了，竟发令杀了无辜的约翰。辛尼加曾经说过一句至理名言：他看一个疯人和一个醉汉并无任何区别，主要是因为疯子的恶劣性情和颠狂程度，比酣醉的时间还要长久些罢了。堕落的根源就是过度的饮食，直等到耶稣以他的血为我们赎了罪！饮食的罪恶让全世界的人都陷入痛苦的泥潭，不能自拔了！

我们的始祖亚当和他的妻犯了这个罪被逐出乐园，他们在人世间受苦受难。我在书上读到，在吃禁果前，亚当在乐园中无拘无束地生活，一旦他吃了违禁的果子，他们就被贬回人间。贪食好饮真是个罪恶之源，如果人们能了解过度饮食引起的疾病，他们在进食的时候就会略加节制了。世界上所有的人们，在空中飞翔，在空中地面或水里，都为了填饱肚子！保罗也曾说过："食物是为肚腹，肚腹是为食物；但上帝要叫这两样都废坏。"

暴饮暴食已让人觉得污秽，做起来更是罪恶，设想一下，如果一个人只贪图一时快乐，喝着各种色彩的饮料戒酒，竟把他的食道变成了便所。那使徒悲哀地哭诉说："我告诉过你们许多人在世上活着，可现在，我要控诉他们，基督十字架的仇敌，就是这些红男绿女，这些人是基督十字架的仇敌，他们把自己的肚子当成神明一样供奉，他们的结局惟有死亡。"啊，我们的躯体，臭皮囊，到底藏了多少脏东西呀。厨师们舂着、拉着、磨着，煞费苦心做各种可口的食物；把原料变为成品，来挑起贪吃者的食欲。可是他追求着这些乐趣，下场只有一个，那就是死亡，惟有在罪恶中死亡。

　　酒是个淫秽的东西，因为酒醉会带来争斗和灾难。啊，醉徒呀，你的脸上走了样，阵阵恶臭从你们的口中散发出，没有人敢靠近你，你呼吸的声音像拉风箱一样"参一孙，参一孙"响个不停！可是，上帝知道，参孙却没有喝过酒。你满足地躺在地上，你像一只填满肚子的猪，你早已失去了理智，你舌尖失去了效用，说话含糊不清，醉酒就是理智的坟墓。被酒精控制住了大脑的人是最不值得信任的人。放开你的红酒、白酒，还有在菲希街或奇白赛街出售的白酒，再加上一种掺了附近地区杂酒的西班牙酒，因此你喝了三杯，你虽身在奇白赛，你就毫不怀疑地以为自己身处异域。

　　我请求各位听我这句话，我可以说《旧约》中所写的一切英雄们的赫赫战功都是在清心寡欲中，由于全能上帝之助，这些都能从《圣经》中找到证据。请看战雄阿铁拉，酣睡在酒店，鼻中流血；这个铁的事实告诉我们一个成功的战将是从来不喝酒的。

　　我所指的是勒母耳，也因为酗酒得到了同样不幸的下场。《圣约》中明确规定，其中关于从政治法的人而喝酒，好了，关于酗酒我就说到这。

　　赌博是撒谎之母，欺诈、赌咒、亵渎基督、凶杀，以及劳命丧财、都由此而起，要是一个人被别人看成是赌棍，这将会是他一生中最可耻辱的事。身份越高，越将遭人唾弃。君王是一个好赌之徒，在来人的耳目中，他的政权就不会长久。从前有个贤明的使臣，名叫司蒂尔彭，担任到科林斯和显赫的拉西第蒙订立同盟的使命。他无意之中看见这国中权贵都在赌博，百姓都热衷于赌博。他立即潜行回国，说道："我不能侮辱自己的美名，也不愿这样自辱而使你同这些赌徒们通好联盟。另选他人吧，我却宁愿一死，也不会和这些赌鬼们签订和约，相互联盟。你是高贵正直的，不会为了这些条款，而有损国家的尊严。"这位贤明使臣就这样宣称着。看，书里面还写着，帕提亚的君王轻慢德米特里厄斯王，有人给送了一副金骰子，因他曾一度赌博过，他就此把他的光荣美誉一概抹煞，并给他带来负面影响。

现在我要讲几句关于恶劣的赌誓。过分的赌咒和虚假的誓言是罪不容诛的，所有的人应受谴责这种罪恶的行为。上帝根本不许人们赌咒发誓，《马太福音》中圣洁的耶利米已说得明明白白："你起誓必须诚实，半句谎话也不行，在公平正义的感召下，发出你的誓愿。"胡乱赌咒是应受到惩罚的。神圣的诫条上第一表中第二诫是：不可妄称我名。请看，他禁止这样的赌咒，禁止虚假的赌咒排在禁止罪恶的谋杀的前面。我说这是十诫的秩序，只要是赌咒太夸张的人，神罚决不会离开他的家宅。"上帝，万能的主啊，凭着您慈爱的心，他在十字架上的指甲和蜷曲的臂膀；凭着基督的血起誓，七点是我的，你投五点或者更少一些，你若欺人，我这把刀就刺穿你的胸膛。这全是两粒小小的骰子惹出来的弥天大祸。为了它们，竟这样赌咒、欺骗、以大发雷霆，甚至犯下杀人之罪。为了赎我们罪的基督之爱，不要随便赌咒发誓。好了。现在让我讲我的故事，请大家洗耳恭听。

我所要讲的是关于三个恶汉的故事。清晨，公鸡还未报晓之前，已在酒铺里坐下醋饮了，他们听见作法的叮铛声引导着死人走向自己的安乐窝——坟墓。三个恶汉中有一个向店小伙喊道，"你去打听一下，务必问清他的姓名，过来告诉我们。"

"先生，"伙计回答道，"不必问了。两个小时前，已有人告诉我了；我已知道死去的是你们的伙伴，夜间在模上坐着喝酒，忽然倒地而亡。有一位名叫'死亡'的人谋害了他。据说，'死亡'用剑矛把他的心截为两片，头也不回地走了。他曾用这种方法在这地带杀了许多人。次疫症流行，害死的人更是不计其数。先生，你未见到他以前，应做好心理准备，不要小看你的敌人，随时随地都要防御着他。这是我母亲教我的，旁的话我就不会说了。”

"圣母马利亚作证，这孩子说的是真话，"店主接过话题，继续说，"离开这里一里多路，坐落着一个大村庄，这一年以来，他杀死了村里所有的妇女、小孩和男人。我想他的住处一定就在那边。定要小心提防，莫被他伤害了，这可是忠告呀，先生。"

"哦，真他妈的，"一个恶汉说道，"遇见了他竟有偌大的危险吗？我向上帝起誓，无论如何，定要去大街小巷搜寻他出来！痛打一顿，然后二话不说干掉他。伙伴们，听着！圣母玛利亚作证我们三个等于一人；大家把手伸出来，结为兄弟，诅咒发誓，我们在天色未黑以前，杀死这个专门害人的'死亡'。"

三人发了盟誓，要做三个"不求同年同月同日生，但愿同年同月同日死"、"有福同享，有难同当"的好兄弟。他们在狂醉中一同站了起来，相互扶持着走向了店主所说的村庄，一面赌着许多可怕的咒誓——"只要见到'死亡'，必置之死地"。

他们还未走到半里路的光景，在跨过一段篱笆时，看见一个贫穷老翁。老者善意地为他们祈福："先生们，上帝照顾你们！"

他们中间最粗鲁的一个答道："什么！老头，有胆再说一遍！遇见你真是倒霉。你为什么全身裹得这样紧？敢见人吗？快把脑袋露出来。你这样老的年纪为什么还不死？"

老翁抬头凝视他的脸上，说道："我走遍了世界的角角落落，由此径到印度，由乡村到城市，却没有找到过一个人愿意以他的青春来换取我的老年，只好顺从上帝的意愿，固守着我的老年。呀，'死亡'也不肯来取我去；我只能做一个四海为家的光棍，从早到晚，手杖击着地面，这片土地原是我出生的地方，我向她诉说，'最敬爱的地母，让我进来吧！我这把骨头就要耗尽了。但愿得一块粗毛烂布来裹我，我就愿永世都居住在这儿。'但是她仍不肯赐我这一点恩惠，为此，我日渐消瘦，只好用布包住自己。可是，先生们，你们对一个年老人这样粗鲁未免太无礼貌了。《圣经》上有这样一句，你们没听过吗'在白发的人面前，得站着说话'。我所以要劝你们，是因为，你们和我一样老的时候，也不愿旁人冒犯你一样；愿上帝保佑你们，凭你走到哪里。我还得继续寻找自己的乐土呢。"

"不成，老家伙，"第二个赌徒吼道，"该死的老头！你看见过圣约翰吗？不能这样轻巧地放你走！就是你刚刚提及的那个'死亡'，他在这地带把我们的伙伴都杀了。你就是他的帮凶。快！说出他的去处来，不然你休想离开此处半步。上帝知道，你准是他的一伙，你就是来谋害我们的，你这贼东西！"

"啊，先生们，"老者道，"你们假若真想找到'死亡'，顺着这条曲折的道路向前走，你们就可以看到，就在那棵树下，还在那儿等着呢。我刚才和他在树林里分手，他肯定还站在那儿等着你们，你们看见那棵橡树吗？就在你们看见的那颗橡树下。上帝把人类赎回，他会帮你们的。"

三个恶汉一径跑到树下，看见有许多闪闪发光的金子，看来可以装得八斗。三人已经把与'死亡'的决斗抛在九霄云外了。三人看了都心中狂喜，看着炫丽夺目的金币。他们中间最坏的一个最先开言。

"兄弟们，"他道，"留心听我说来；虽然我平时喜欢嬉笑、吵闹，可是我的脑袋却很精细的。上天赐予我们这堆财富，可使我们一生享乐不尽，来得容易，去得容易又何妨。啊！上帝可贵的尊严！感谢你赐给我们的金币。谁会想到今天有这红运？如果我们能把这些属于我们的财宝搬运到我们自己的家中，那我们就可以真正的快乐了。如果我们白天把这么一大堆金币搬回家，会引起人们的胡乱猜测，人们会把我们认做是强盗。我们会被判绞刑的。所以这堆金子必须很小心地在黑夜里移动。而且千万不能让人发现。我的意见是大家来抽签：每个人都抽签，签最短的那个人悄悄买些面包和酒来，而剩下的两人就在这里守着财宝。进城的人如果不多耽搁，就可以把金币搬到我们认为最安全的地方了。"

一人拳中捏着签条，另外两人先抽，结果是最年轻的一个抽中了。他立即起身进城。等他刚走，这里一个对另一个人说道："毋庸置疑，我们是拜把兄弟，现在让我来教你怎样可以占得一些便宜。当然，事实摆在眼前，而金子在此，数量不少，两个人平分这些金币比三个人分得更多。可是我若想出法子由你我两人平分，岂不是更好呢？"

另一人说："我猜不出是怎样一个办法；他明明已经知道金币由我们看管，我们如何办呢？怎样才不会被他发现呢？"

"你能不能守秘密？"这个恶汉说道，"我将简单告诉你怎样着手，告诉你怎样才能做得天不知地不知。"

"我答应，"那个道，"决不出卖你，决不背叛你，我真诚的向耶稣起誓。"

"那么，"这个道，"我们俩现在是同一条绳上的蚂蚱，两个人总比一个人强些。等他回来坐稳后，你就马上起来假装和他玩耍；我借机一刀刺向他的腰间；同时你也用刀照样做去；问题就这么简单的解决了，金子就由我俩平分了。伙伴那堆金币可以满足我们所有的欲望；尽可痛快赌博，可以尽情享乐。"于是，这两个恶汉一同谋杀那第三个人。

这最年轻的一个，脑海里不断浮现那些闪闪发光的金币。"啊，天哪！"他道，"若我一人独享这所有的财宝，天下就再找不出比我还舒畅快乐的人了！"最后，魔鬼，知道他有隙可乘，这正是把他拉入地狱的绝好时机。这个年轻人心中想起去买些毒药，好毒死他两个同伴；给良知没留一点机会，再也不会回心转意多考虑一下。他主意已定，不作滞留，到了城后，他找了一家药铺，请求卖些毒药给他，还假装抱怨着那只莫虚有的吃过他阉鸡的臭猫，所以他一心想在这班夜间害人的虫兽身上泄一次郁愤。

那药铺老板答道："这毒药是有的，但世上任何动物，吃了或喝了这药物，哪怕只有米粒那么大，在短短的几分钟内就可丧命。这是种烈性毒药，愿上帝救我的灵魂。阿门！"

这恶棍把毒药盒子拿在手中，向人借了三只瓶，其中的两个瓶内倒进了盒子里的毒药，还有一只没有下毒，留作自用。他把三个大瓶都盛满了醇香的葡萄酒，然后回到他伙伴这里来，一路上还筹划着怎样才能一夜之内，把这些金币安全地搬回家。

他的伙伴们也作好了周详的计划，也就马上照办了。随后，一个提议："再去埋葬那个混蛋前，现在我俩好好坐下喝酒。"说着偶而拿起有毒的酒瓶喝了一口，随后递给了他的朋友，因此他俩都立刻断送了性命。

遗憾的是，阿维零纳也未记录这两个恶棍临死前的情景。死去了两个凶犯，自己的下场也好不哪里去。

啊，狠心的残杀！啊，令人憎恨的罪恶！啊，纵欲、荒诞、赌博！人类哪，创造者创造了你，用他宝贵的鲜血，拯救了人类，而你竟可以如此虚伪，如此恶毒！神灵的亵渎者，轻狂的人们和你们诬蔑和狂誓！

现在，列位好先生们，上帝会保佑你们的，保佑你勿蹈贪婪之辙。只要你们肯向主奉献你们的财物，我的圣洁的赦罪符可以救治你们。在圣谕面前垂下你们的头。来吧，妇女们，献出你们的丝纱，我会在这案卷上记录你们的姓名，我有威权赦免你们，只要你们向耶稣表达你们的心意，就可以同出生时一样纯洁，让你们进入天堂的幸福圣境——各位，这就是我传教的方法。耶稣基督，我们灵魂的医治者，只有他们才能赐予你们真正的圣赦。

可是，列位，我口袋里有教皇亲手赐给的圣物和免罪符，比得上英格兰任何一个人的圣符。如果你们愿意真心供俸，要取得我的赦免，就走向前来，跪下接受吧。无论在你们前进途中，还是在市镇尽头，来接受新的赦免，只要每次献出的都是货真价实的金钱铜币。这里每一位朝客，在你们策马奔腾时，能有一个合格的赦罪僧恕免你的罪，那是何其幸运呀。可能一两个人跌下马来，跌断了脖子；居然碰到了我也在你们一起——一个真正的赦免僧，为你们的灵魂定出肉身做下安全的准备。我可以赦免所有的世人，我劝我们的店老板第一个来。来，快，只要一枚金币，你可以吻我所有的圣物。快点，拿出你的钱袋吧！

"不来，不来，来了我怕基督诅咒我，"老板说，"哎，真是要命，我的上帝，你会叫我吻你的裤儿，骗我说那是圣徒的遗物。十字圣架和圣海伦在此，是决不会去碰你的圣物，把它们放进猪肚子的神宠里去！"

赦罪僧气极败坏，愤怒得无法言语。

　　"好了，"我们的老板道，"我不同你开玩笑了，也不同任何脾气暴躁的人开玩笑了。"

　　但武士看见大家在笑，便说："好了，不要再讲了。赦罪僧先生，脸上笑起来，老板先生，我是很爱戴你的，我求你去亲吻一下赦罪僧吧。赦罪僧，我求你走近一些，让我们快乐如初。"于是他俩吻了一下，骑着马继续前行。

船手的故事

船手的故事由此开始

圣台尼从前有一个商人，他是大家公认的贤人。他有一个美貌的妻，很喜欢交际游乐。她比在交际场中奉承一下交际名花还要糜费；只要她眉眼一动，脑袋一低，不过是墙上的影子，大笔的金钱就花出去了。为了维持自己的体面，只好为她买最靓丽的服装、最昂贵的饰品，让她去恣意欢舞。可是一个男子如果付账付不完，或者认为太奢侈，拒绝付款，那就自有旁人来付款，供她尽情挥霍，那就太危险了。

这位富商家中十分讲究，经常有很多宾客来访，为的是他手头宽松，还有一个有着闭月羞花之貌的妻子。他的宾客中有一个修道僧，年三十岁，风流倜傥，与他来往的比较频繁。这位漂亮僧士自从和主人相识以来，友谊与日俱增。他俩是同村人，再加上沾亲带故，关系更不用说了。主人对他从不说一个不字，一见到他就满心欢喜，忘掉了所有的忧愁，他两结拜为兄弟，彼此发誓相亲相爱，终身不变。教兄约翰也很慷慨，对商人家的任何一个人，家中最低贱的僮仆他也记得施舍，他还时常给主人送一些机灵古怪的礼物，对其余上下人等也不空过一个。每天，大家都盼望着他的到来。

一天，商人准备去布鲁日贩货。他派人去巴黎邀请教兄约翰来到圣台尼和他夫妻游玩一日，然后便离开了家。僧士得了僧院院长的特许，就可以随时外出，原来他是一个明达之人，并担负着僧院执事的责任，骑马去各地检查粮仓；自然而然，他很快来到圣台尼。还有谁比教兄约翰更受欢迎的，按照惯例，他带来了一大瓶马姆赛葡萄酒和一瓶意大利的芳香美酒，以及一些野禽。这里我暂且不讲他们去快乐地玩上一两天的情况。有一两天的功夫，商人想起该好好做正事了，他走到账房算一算一年来他的经济出入，开销有多大，是否赚了，哪方面亏了。许多账簿和钱囊都放在他面前账柜上。他的财物着实不少，因此他关紧了门；在他算账时不允许任何人进来；他一直坐着算到了近午时分。教兄约翰起来后，在花园中散步，嘴里不停地说些什么。

商人妻轻轻走进花园，和平时一样，同他打招呼。她带着一个婢女，这姑娘受着她的管教，脱不了她的鞭苔。"噢，我的教兄，约翰，"她高兴地称道，"你这早就起身了？"

"妹子，"他道，"一个人睡眠有五小时就足够了，除非是一些年纪大或是体质虚弱的人需要睡眠的时间长。像有些结了婚的人，贪睡不愿起床，犹如兔子被猎犬追乏了坐在窝里一样。但是，我的好妹子，你为什么这样苍白？是不是我的这位兄弟折腾得你一夜没睡好，你该马上去休息一下罢？"他说着笑了起来，想到自己所讲的话脸上一阵红。

那妇人摇了摇头说："真见鬼，上帝知道一切，我真是命苦呀！我的处境不敢对人讲。我真是不幸。我愿远离此地或者干脆死了算了，我真是哑巴吃黄连啊！"

僧士呆呆地看着她。"怎么啦，我的好妹子，"他道，"上帝不许你为了苦闷而自杀！你应该告诉我你的苦恼，也许我能给你忠告，我发誓，无论什么事情我都保守秘密。"

"我也对你讲同样的话，"她道。"有上帝作证，即使我被五马分尸，或者被打入十八层地狱，也决不泄露你的任何一字。我这样说不仅是因为你是我的亲戚，其实是为的朋友可以信任。"这样他俩立着誓愿，亲吻着对方，互诉衷肠。

"教兄，"她道，"我若有适当的机会，我想告诉你我的身世。不过在这个地方怕是难得机会了。我的丈夫，他虽是你的亲戚，但自打结婚到现在，我吃过他多少亏。"

"上帝和圣马丁在上，"僧士道，"他是我的什么亲戚！他对于我来说，还不如在树上挂的这些叶子！法国的圣台尼为证，我和他认亲戚，完全是为了可以有借口来认识你罢了，我对你的爱超过了任何一个姑娘；我以我的教团为誓。把你的烦恼尽情告诉我，好让我帮你分担，讲了就去，不然他要下来了。"

"我的亲爱的，我的约翰哥哥！"她道，"我愿能够守住这件事，可是现在是没有办法了。我的丈夫，在我看来，是世界上最坏的家伙。但我既是他的妻，本不该和别人谈起我们的私人生活，不论是床上的事或是床下的事。我祈祷上帝的宽恕，一个妻子除敬重她丈夫的话之外不该讲旁的，但是，不过对你至少我可以讲这一点，他还不如一只绿头苍蝇！最恨人的就是他的吝啬。我们大家都知道，女人天生有六个愿望：她希望丈夫勇敢，聪颖，富有，大方，顺从妻子的意愿，行动活泼。说句心里话，我做衣服全是为他的体面，下周我必须拥有一百法郎，要不我就活不下去了。我宁愿没有出生，也不愿受到侮辱，或听人的闲话；可如果我的丈夫知道这一切，我也就完了；所以我求你借给我这笔钱，你不同意的话，我就死定了。约翰哥哥，我说借我这一百法郎，我一定会感恩戴德的。到了那一天我必定还你，你想要我做什么，我都听你的，我若不做的话，愿受上帝的严惩。"

僧士这样作答："我的亲爱的，我会想尽我一切办法来帮助你，我愿发誓，等你丈夫去法兰德斯之后，我一定帮你摆脱这个困境。我将拿一百法郎给你。"说罢，他又抱住她亲吻着。"好，去罢，"他道，"快去吧，早些吃饭，日规上已指着辰时了。去吧，要对我有信心。"

"上帝不容我背信。"她说着，一边走了出去，快活得像喜鹊一般，吩咐厨师加紧弄好早餐。她上去找丈夫，鼓起勇气敲了他的账房门。"谁？"他问。

"我的圣彼得，是我，你的妻子，"她道，"你要花多少时间算账记数哪？你是不是想绝食啊！让魔鬼在你的数目字中插一只手！上天太眷顾你了！去罢，把你的钱囊暂且放下，怎么好意思让约翰老哥一大早就饿肚子呢？好了，我们做过祷告就可以吃饭了！"

　　丈夫道："妻子，你哪儿想得到我们这种事是何等复杂恼人呵！愿上帝助我一臂之力。我们十二个商人中恐怕找不出两人可以兴旺到老的，我很幸运是其中的一个，世上的人千变万化，要守住自己的一行，直到死，否则只好出家朝拜圣地，或者去一个与世隔绝的地方因此我必须在这古怪的世路上找出一个方向，我们作为一个商人，要时刻提防，幸运机缘是变化莫测的。明晨天一亮，我就要去法兰德斯，我必尽量早回。求求你，亲爱的妻子，对谁都要客气谦虚，要看好我们的财物，治家要循规蹈矩。家里生活还算富裕，只要晓得节省。没有必要有更多的衣物和食物，口袋里也就不会感得缺乏银钱了。"

　　说着，他关上了账房门，小心锁好，下楼去。做过祷告，就去进餐，在桌上摆了杯盘菜食，商人招待僧士的这顿饭确很丰盛。

　　餐后，教兄约翰正经地把商人叫到一边，说："老弟，我想你必须去布鲁日走一趟；愿上帝和圣奥司丁照看你，路上要注意，饮食不可过度。再会了，老弟，你我不用什么客套；上帝保佑你平安无事！无论白天或夜晚，你需要我做什么，只要我能办得到，我义不容辞。还有一件事，在你去之前，如果可能你先借给我一百法郎，因为我要买几头牲口存放在我们那里。过一二个星期，我就还你。愿上帝助我，我宁愿这个地方是你的就好了！我会守信用的，决不会为了一百法郎而失信。但这事希望你能保密，拜托你了，我今天晚上就要买这些牲口，现在再见了，亲爱的兄弟；感谢你的慷慨解囊。"

　　这商人立即和颜答道："教兄，我的哥哥，这实在是一件小事。我的钱，就是你的钱，只要你开口，不但是我的金钱，就是我的货品也会毫不犹豫地给你。不过我们商人却有一点，你也很明了，我们的现款就是我们的犁锄。我们有信用时就可借贷，一旦没有了现款，事情就不大好办了。你宽裕的时候再还我，我会尽我的一切努力来帮助你的。"他立即取出了一百法郎暗中交给了僧士。没有人看见他俩借贷的事，他们喝酒谈天，散了一下步，很快，教兄约翰骑着马回了僧院。

　　第二天，商人上路去法兰德斯，后来，他又带着他的学徒到了布鲁日。在这城中他忙着办事；他不赌不嫖，一心照顾着他的商品。

商人走后第二个星期天，教兄约翰再次来到圣台尼，全家上下，最微贱的童仆，见他来了，都非常高兴。现在马上提到正题：为了借到一百法郎，美貌多情的夫人已许下了教兄约翰，愿意和他尽欢，他俩通夜为所欲为；第二天早上，教兄约翰告辞离去。那里，或是城中，也不会有人怀疑他们的。且不管他是回到僧院，或是去了其他别的地方，这都不用我多讲了。

商场中交易过了，商人回到圣台尼自己的家中，心满意足，兴高采烈地招呼着他的妻子。他告她货物昂贵，无奈之下，只得借了一点债，现在必须履行债务，还两万法郎，因此来到巴黎，向一些朋友借了点钱，同时也带了一些钱去。来到城里后，为了交谊浓厚，他首先来探望教兄约翰；并不是问他要钱，就是想了解一下教兄的近况，并谈谈他自己的一切，这也是朋友聚在一起时常做的一些事。教兄约翰热情地招待。商人也告诉教兄约翰自己在买卖上是如何一帆风顺，不过他必须借一笔债，不过很快就会还清的，可以休息一下了，感谢上帝。

"当然，"教兄约翰道，"我很高兴见你安全回来。若我也是一个富有的人，你就不怕没有这两百法郎了，因为上次你好心借了钱给我的，我真心感激你，现以上天和圣彼得为证！可是我还是付偿了那笔钱，交给了你的夫人。可能她就放在你家里的柜台上。她是很清楚的，她应该会告诉你的。现在对不起，我不能多陪了，因为我们的僧院院长马上要出城，我要和他同行。问候夫人，我的好侄女，我要走了，老弟，下次有机会再见。"

商人原是一个聪明能干的人，借了点钱，在巴黎亲自把钱还给那些债主，收回了债据。他高兴的回到家里，心里计算这次出门，姑且不论消费，还净赚了一千法郎。

他的妻子照例在门口迎接。那个夜晚他俩缠绵了一整夜，因为他发了财，而且又还清了债。天亮的时候，商人重新抱住他的妻，亲吻着她的脸，抚摸着纤细的小手，不禁又想要起来。"行了，行了，"她道，"我的上帝，整整一个晚上，你还没玩够啊！"他俩又放肆起来……直到最后，商人说道："的确，我的妻，我倒有些气你。你可知道，我想你把我同教兄约翰之间的友谊弄得生疏了。其实，你应该在我去巴黎之前告诉我，他已把那一百法郎付还了你。他说他手里有证据。我同他讲起要借钱的事，他好像有点不开心，其实也不用说，看他脸上表情就知道。当然，我想也不必多问他了。妻子，我劝告你，下次不要再这样了，这样不好。如果有债户当我不在家的时候还了你什么债，你必须告诉我，否则由于你不小心，弄的我又去追要别人已经还过的债。"

她并不认错，且一点都不害怕，大胆说道："该死的家伙，我倒要同他拼一下，这个秃驴！我才不管他有什么证据。他是给了我一笔钱的，这是事实。嘿，滚他妈的猪鼻子！上帝知道，起初，我以为他是为了你的缘故，给我这笔钱是为了维护我的体面，为了彼此亲戚关系。何况，他也常到我们家来，大家都很有好感。现在都已成这样子了，我就不妨老实告诉你。你有些债户拖得时间比我更长。我却可以逐日还你的；我反正是你的妻子，如果还不了，记下账来好了，我还是早还清了好。真话，我已全部用在衣饰上了，一分钱都没乱花！因为我用得正当，同样是为了你的面子，看在上天的份上，我说，不要生气，让我们再好好的玩一玩。我这个身子已经全部抵押给你了；我尽量在床上还清你这笔债。对不起了，好丈夫，把脸转过来，张嘴笑一笑吧。"

商人知道也无可奈何。"那么，妻子，"他道，"我饶恕你，不过你答应我以后不再乱花钱，乱浪费。你的钱财应该小心使用，这就是我对你的要求。"

我的故事到此为止，愿上帝赐给我们更多的故事，好听到死。阿门。

客店老板对船手和女修道士的趣话

"我的天哪！这个故事真好听，"我们的老板道，"愿你长久航海安全，不愧为好船手！愿上帝把这僧士的好日子都收回！同伴们，当心碰见这样的诡计！这僧士骗了商人，还骗了他的妻，我的圣奥司丁哪，永远要把僧士拒于门外!

　　"这个故事讲过了,轮到谁讲一个了?"说着,他像女人一样客气,"我想该由你讲一个故事吧? 可以吗? 女院主?"

　　"好的,"她道,她开始了这个故事的讲述。

女修道士的故事

女修道士的故事开场白

呵，主呀，我们的主，你的威名能惊天动地！不但高贵的人们宣扬着你，还是孩子们，口里都在宣扬你，赞美你的至善，因为他们在母亲的怀抱中已经表扬着你的光荣。对此，我将竭尽全力，兢兢业业，讲一个故事来颂赞你，赞颂你那无瑕的百合花似的圣母，她永远是一个处女，她本身就是荣誉，是仁慈之源，灵魂之药，我并不能增加她的荣誉，但她的儿子除外。

啊，处女之圣！贞洁之母！呵！一棵未燃烧的芦荻，虽然摩西所见到的芦荻是在燃烧，而你却因为自己的谦卑，由上帝那里取来降临于你的神灵；在你胎中怀的神的智慧，是上帝照耀着你的心。愿你能帮我讲出这个美妙的故事！圣母！你的仁慈，你的尊荣，你的力量和伟大的谦卑，无人能及；有时候，圣母，你的仁恕宏大，有时在人们还没有向你祈求之前，已得了援助；是你给我们扫去了黑暗，引我们到你的亲热的人子面前。

我的能力微薄，幸福过去之后，我负不起宣扬你的伟大这个重担；也许你会觉得我像初生的婴儿，还不能开口说一句话。所以，我只能祈求着，愿你引领我唱这一支赞美你的歌曲。

女修道士的故事由此开始

亚细亚一个大城市里，有一城区的耶稣教徒中居住了很多犹太人，依仗着财主从事盘剥暴利，耶稣和他的信徒们深深恨之；城内街衢畅通，来往自由。

街道的一端设有耶教小学一所，教徒的子弟大部分都去那儿学习本领，如唱歌、诵读等。

学生中有个寡妇的儿子，他是教会歌咏队的童子，他已经有七岁了。他每天上学，途中见有圣母神像，就会跪诵祷词，这已经是他的习惯了。

寡妇教导儿子，儿子的心里从小就尊敬圣母，好孩子是学得很快的。啊，我每次想起这故事，总不免联想到圣尼古拉，因为尼古拉也是从小就懂得信仰耶稣的。

当这孩子在学校里坐着念诵那祈祷小册的时候，只要他一听到赞美曲的歌调，他必留心倾听，把赞美曲的字眼和语调慢慢地印在自己的心里，不久把第一首全部记熟了。

在他的同伴中，他年龄太小了，他们向他这样说："我曾听人说过这首歌是赞美圣母的，是为了祈求她在我们死亡时来拯救我们。我也讲不到多的了；这原来是学着唱的，文理上我懂得很少。""噢，这样说来，这歌曲是为圣母而作的吧！"这天真的孩子说。"我一定要在圣诞节以前学会它。即使先生骂我书读不好，每小时打我三顿，我也得为尊敬圣母起见把它学好！"

每天在回家路上，同伴私下教他，不久他完全学会了。他唱得一字不差，也全在调上。他每天来去走过那犹太区两次，就两次唱出这美曲，他的重心竭诚尊崇着圣母，她的美德已占满了他的灵魂，路途中他禁不住要放声颂赞。

人类第一公敌蛇魔撒旦，在犹太人的心中筑起蜂窝，拱着身子说道："啊，这太不像话了，唱着与你们信仰不符的歌曲，何能让这个小孩自由来往，难道你们连一点羞耻之心都没有吗?"

在这以后，犹太人群起图谋杀害这天真的孩童。他们花重金雇了一个杀手，候着那孩子走过，这可恶的犹太人一把将他抓住，割断了他的小喉咙，并把他地尸体扔进臭坑里面。

犹太希律王的暴政重演了。啊! 你们的恶毒心肠是不会有好的回报，残杀的事是隐瞒不住的，上帝的尊严将永远矗立，无辜者的血将向你们的罪行哀叫。

啊，小殉道者，贞洁成了你的生命，从此你可以放声高唱了，天国的白羊在你前面引路;伟大的福音传授师圣约翰在帕特摩斯中写道:那些人在羔羊前面唱着新歌，其实，他们都是一些从没有沾染过妇女的童子之身。

这可怜的寡妇通宵等候儿子，仍不见儿子归来;天刚亮，她面色苍白，她便去学校和多个地方寻找，心里越来越害怕，因为这孩子是她的命根子。一天过后，听说在他失踪之前有人在犹太区看见他的。母亲变得神经兮兮的，不停地叫唤着柔心的圣母和儿子的名字，战战兢兢地来到犹太人中打听。

她向每个居住区内的犹太人盘问，问他们是否见过她的孩子在这边走过，他们说，"没有，"这时耶稣立刻示意，那路旁就是他被抛进的臭坑。

啊，伟大的上帝，你向以童真的口传播你的美名，看看你的威力，贞洁的珍宝——这颗绿柱石，殉道的工玉，他喉咙已割破了躺卧着，高唱赞美曲，歌声响彻云霄。

路过的耶教徒都来看希奇，并立即派人去请市长。他早已赶到，盛赞天帝耶稣的圣德，因为这是人类的荣耀，他就下令把犹太人都捆缚起来。

在哀哭声中把这孩童取出，但他仍在不断地唱，许多人虔诚地护送他去最近的一座教堂里。孩童的母亲晕倒在一边，大家无法把这第二个拉结劝开。

市长决不放松这样的恶行。他把每个知道会发生这件凶杀案的犹太人都处以苦刑，他用野马拖曳他们，然后依法吊死，这是报应。

这孩童躺在主坛之前，大家都在唱弥撒;唱完后长老和教士们立刻把他埋葬；就在长老为孩童洒水的时候，那孩子又开口唱起赞美曲来！

正如所有教士一样，长老是一位非常虔敬的人，他咒召孩子道，"啊，父子灵三位在上，我的好孩子，请你告我，照我看去你的喉颈已被割破，为何还能歌唱？"

"按理我早应死了。因为我的喉咙已被割穿到颈骨，"这孩子说，"但你在书上可以看到，耶稣基督希望他的光荣继续留在人间，所以为了尊崇圣母，我仍可以放声高歌这赞美曲。

"依我的小智能，博得圣母的垂怜，耶稣的慈母，是我衷心最虔爱的，最为虔爱的；在我将死时，她降临在我的面前，叫我于断命时唱这歌曲，大概你们都已经听见了，似乎我正唱的时候，他放了一粒谷在我舌上。

"所以这粒谷一天不取出，就会永远唱着，赞颂圣女；过了不久，她后来对我道，'我的小孩儿，有人取走这谷子后，不要害怕，我就来接你，我决不会抛下你不管的。'"

这位长老，将孩子的舌头从孩子的口里拉出，取开谷粒，才见这孩子渐渐死去。长老目睹这奇迹，长老的眼泪禁不住流了下来，伏身阶上，一动不动，好似捆缚住的一样，别的教士也都伏在地上痛哭，祝福着基督的圣母；很久之后，他们才直起身子，把小殉道者的遗尸移入纯大理石的墓中，至今他还葬在那里，愿上帝允许我们每个人都能见到他。

呵，林肯地方的小休，同样是被那些该诅咒的犹太人害死的，这是人人所知道的事，因为此事是不久前发生的；让我们为自己不稳的罪恶之身祈祷上帝广施恩泽，并去尊敬崇拜他的圣母马利亚。阿门。

托巴斯先生的故事

开场语，客店老板对乔叟的趣话

这个奇迹讲完之后，每个人的表情都很严肃；过了会儿，直等到我们的老板又开始打趣起来，首先向我看着，说道："你是个什么人？我的眼睛只知道你看着地上。你难道在低着头找野兔么？过来，再过来一点，抬起头来高兴一下。各位，请你们移动一下，让他走过来！嘿，他腰间的模样儿倒和我有些相像；身材娇小，长得还是蛮帅的，任何女子都愿意把他当个小囡抱着耍呢！脸上还带着点小精灵的模样，这是真话。来，来讲一点东西给我们听，像别人一样，快讲一个有趣的故事。""老板，"我道，"请勿生气，我不会讲故事，只有很久以前学来的一首诗。"

"行，罢了，没问题，"他道，"我看他转了脸色，也许我们可以听到一些美妙的文章了。"

乔叟所讲的托巴斯的故事由此开始

请听，各位先生，我这里有一个很有趣的故事，关于一位英俊善战的武士，叫托巴斯，他长得很帅。他生于一个远国，海的对面法兰德斯地方，在扑波林的一个地主人家，那是一个很遥远的国家。上帝照看，是地方上的一个首户。托巴斯先生是一个刚勇少年，洁白的脸像小麦面包，有玫瑰花朵似的嘴唇和不褪色的绯红的皮肤，的确，他还生着一颗大小适度的鼻儿，橘黄头发像番红花直垂到腰间。他的鞋是西班牙皮革所制，法兰德斯的褐色袜子；他的衣料是华丽的花缎。他有一只灰羽苍鹰，非常漂亮，他能猎野鹿，并且喜欢在河边骑马、放鹰。他还是一个熟练的射手。许多美丽的姑娘，在闺中睡不着，为了他而相思叹息；可是他却本性贞洁，一点都不荒唐，润得像一朵野蔷薇。

有一天，托巴斯先生骑马出行，手拿长矛，身挂大刀，骑着灰色的马尽情在茂林中驰骋，鹿羚野兔到处都是；地上花草繁多，有甘草，青姜，许多丁香和泡酒的岂蔻，有刚开的，也有快枯萎的。鸟儿唱得煞是悦耳，有食雀鹰、鹦鹉，还有画眉谱曲，还有枝头林鸽。他在南北来回奔跑，险些闯下大祸。

托巴斯先生听了画眉的歌，不觉相思满怀，他踢起马镫，马儿在林中狂奔起来，他的马被累得气喘吁吁，两旁被镫踢得流出血来，他下马躺在草地上休息，托巴斯先生骑累了，不知是哪里涌出的火一般的劲儿。"啊，圣马利亚！这股爱火好恼人呀！我整个晚上都梦见一个仙后在纠缠着我，要在我身边睡眠。世上还没有一个值得我爱慕的女子，我将爱一个仙后；我将舍弃所有的凡女，我愿奔过山岭低谷去找仙后。"

他立即跨上马鞍，越过木篱、石栏去找仙后；最后在一个幽深去处，那里是草莽仙地，一个谁都不敢轻意闯入的境界。过了一会儿，出来一个名叫大象先生的巨人，一个凶猛的人，貌似很恐怖，他对托马斯先生说："青年武士，有阿拉在上，快点离开我的视线，我就一锤把你的马打死，这里是仙后的居所，她有的是竖琴、小鼓和管笛。"

武士答道："我既愿得福，明天我将穿上甲胄来同你决战，我怕你会吃我一顿苦，我枪头的味道可是不好的。天光时分，我就要刺穿你的口腔，让你丧身于此。"

托巴斯先生后退一步。忽然，巨人的弹弓上飞过来一块石头；但托巴斯却躲开了。

先生们，请继续倾听我的歌，它与夜莺唱的一样动听，我将轻声向你歌唱，托巴斯骑着骏马，驰过森林翻过峻岭，回到城中。托巴斯为的是博得明媚女后的欢爱，要同一个三头巨人作战，他吩咐手下人欢欣起来。"叫来我的歌手，在我穿甲胄时一面让他们唱歌给我听；弹说那些有关后王，和教王长老，最好加上些相思曲调就完美了！"

他们先为他取来甜酒和木碗中盛着的菜食；还有宫中的香料、姜饼、甘草和莳萝加细糖。他的白皮嫩肉上贴身穿的是透光细麻所制的裤衫，外加一件铠甲，保护心胸。再上面一件铁板鳞铠，那是犹太人的手工制品，他的外氅像水仙一样白色。赤金的盾上绘着一颗红玉和一个野猪头。这时他发愿要打死巨人，他的胫甲是由坚革制成，刀鞘是象牙做的，铜盔闪着亮光，鲸牙做的马鞍异常美丽。他的马缰照耀像日月之光。他的枪矛是柏木做的，尖头锐利，很有气势。他的马身斑灰，缓驰而前，步伐轻盈。

先生们，我的故事的第一唱结束了！要是各位还想听，我愿意继续。

请不要讲话，武士和贵妇们，对不起了，请听我的故事，我要为大家说一说战争、武士精神和闺中的相思。人们谈唱古来英雄的佳话，诸如：贺恩王、希波汉斯、伯维士、盖依、列布斯和勃伦达摩；惟有托巴斯先生却占得武士中的魁首。

他骑着骏马，出行徐驰，他的冠饰是一座小塔，镶着一朵美丽的兰花。他是一个雄心四海的武士，从不在自己卧室睡觉，而是休憩在野外，明亮的盔甲做他的枕头。马在身旁吃草，他汲泉而饮，像波西法尔先生一样，那同样也是一位顶天立地的武士；这一天终于来临了——

讲到这里客店老板打断了乔叟所讲的故事。

"不要讲了，要为上帝的尊严想想！"我们的老板说道："你那无聊的东西我听倦了，疯言疯语，烦死我了，上帝啊，请祝福我的灵魂！滚你的那些诗韵，真有点像在作歪诗哩！"

"怎么啦！"我道。"你不打断别人，偏偏打断我？这是我所知道的最好的一曲诗歌了？"

"天啊，"他道，"说实话，老实讲，你那臭诗不值得我一骂，你是在浪费大家的时间，知不知道。先生，简洁了当，再不要你来押什么韵了。看你能不能讲些好诗篇，或至少用散文，但内容必须有意思。"

"很好，"我道，"上帝受难有灵！我来用散文讲一个小玩意儿，我保证你们一定会喜欢，要不你就是一个很苛刻的人了。这是一篇有益的道德故事，也许有许多人通过各种方式已经讲过，且让我再来试讲一次。故事是这样的：大家都知道，每一个传福音的人讲到耶稣的苦难并不完全照旁人一样地讲，可是他们中心思想却基本上一致。而我所讲的是关于马可、马太、路加和约翰四篇福音，它们的教义当然是相同的。所以，各位，假若你们觉得我所讲的有些出入，比如，我在解释其中的意思时，比旁人或多引了几句格言，或有一些不恰当的字样，仍请你不必见怪。因为我的主旨和这故事所根据的小小的叙述并没有大的区别。所以，请你们听我讲来，让我讲到终结为止。"

女尼教士的故事

女尼教士的故事开场白

"罢了，先生，不要再多讲了，"武士说，"你讲了这么多，你自己不烦，因为我看大家都有些厌倦哩。至于我嘛，虽然听了这些有点不太舒服，听了这些原是富足安乐的人忽而倒霉下来，让贫穷的人富裕起来，并且继续下去，那么我还是可以继续听下去。"

"对呀，圣保罗教堂的钟声为证，"我们的老板说，"你讲得很好。这个僧士高声吊着舌头；说什么'命运被云雾遮住'，我就不懂他什么意思，我真有点搞不明白。你还听他讲什么'悲剧'，和我们有什么关系呢？已经做过的事又何必诉苦哀鸣呢。何况你所讲的，专听些沉重的东西心上很不舒服。僧士先生，你的故事弄得大家不开心；就请别再说了，你所讲的东西真的毫无趣味。讲些旁的东西来，让人心动的故事，就太好了。假如不是你马缰上挂的铃在叮当的话，可能我早就进入梦乡了。我早就酣睡过去而堕下马来了，那你怎么办？没人听，那样你岂不是白讲了一场么！一篇故事的好坏，起码我还是知道一二。先生，讲些打猎的故事罢，你看，怎么样？"

"不啦，"僧士道，"让别人讲吧，我已经讲过了，把机会留给别人了。"

我们的老板粗鲁地对女尼道："你，过来一些，你看看你这个样子，讲个故事来开一开心。让大家乐呵乐呵，那怕你骑的是一匹小马，说成又丑又瘦也不碍事，只要大家开心就好了。"

"好的，先生，"他道，"好的，店老板，我如果讲得不好耍，尽由你骂我好了。"于是他开始他的故事，他倒是一位很温良的教士，名叫约翰先生。

女尼的教士所讲的公鸡和母鸡的故事由此开始

从前有一个贫穷的寡妇，已过了中年，住在某洼谷林边的一个小茅舍里。自从丈夫死后，她就过着艰苦的生活，她小心栽培上帝所赐的一点东西，维持自己和两个女儿的生活。家里养有三头母猪、三头牛和一只瘦羊。她从来不用什么香辣酱油。而且还不能吃饱，所以常常因此而生病。劳动和一颗知足的心，是她惟一治身的良药。所以她从来不怕那些风湿骨痛、中风症等病，都能扛过去。她不喝酒，那管是红是白；日常的食物经常放在桌子上，牛奶和粗面包是不会缺乏的，偶尔还会有一两个鸡蛋。

她有一个牧场，四面围着木栅，在牧场里，她喂着一只公鸡名叫腔得克立，他的鸣叫声比教堂里的琴声还美妙，四乡没有能比得上他的。他在棚舍里唱歌司晨，准确无比，比教堂或寺院里面的钟还准确。他天性能通晓那经度里昼夜平分线的每一转移，只要每升上 15 度，他就啼唱起来，他周身金黄色的羽毛，花冠非常鲜红，上面锯齿缺空着像堡垒的城头。他的嘴像乌玉一样晶亮，很硬且黑，他的腿和脚趾像琉璃；爪子很利而且洁白似百合花。这位高贵的公鸡，娶了七位母鸡女士作为妻子，七个都是他的姊妹和情侣，都长得很精壮，堪比公鸡先生。而其中头下最具姿色的就是坡德洛特小姐。她是位举止文雅、温柔贤淑的良伴。自从她出生第七夜起，就凭借着自己的一切打动了公鸡——腔得克立先生，他爱她，实是他的幸福。红日上升的时分，他们就开始对唱《我的爱近处来了！》这一首流行新歌，音调和谐，很有情趣。据历史记载，那时的禽兽都可以说人话的。

有一天清晨，腔得克立坐在棚舍里的栖枝上，妻子们都包围着他，美丽的坡德洛特挨近在身旁。忽然，好像作了恶梦一样，他的喉头忽而呻吟起来。坡德洛特小姐问亲爱的丈夫："亲爱的心，你这样呻吟是何缘故哪？是睡眠不足吗？"

公鸡先生答道："夫人，请你不必担心，老天有眼。实话告诉你，我刚才做了一个恶梦，梦见一只像猎犬似的野兽要杀害我。他身上是红黄之间的颜色，耳朵和尾巴都是黑的，他的鼻子细长，两只闪闪发亮的眼睛，他的模样真可怕，吓得我喊出声来。"

"滚啊！"她道，"你怎么这么没用，胆子怎么这么小！上帝在天，你已失掉了我这颗心和我的爱情。我不能跟一个懦夫在一起生活。哪一个女子不是这样说，渴望自己的丈夫是个勇敢、聪明而大方的男人，要他能共守秘密，不是那些守财奴、傻子、夸大狂或是见了刀枪就吓得要死的人。你如何有脸对你的心爱说出一个怕字来？亏你是个男人，老天爷知道，梦不过是空的幻的东西。这场噩梦的原因一定是红胆汁过多，这可以使你怕箭伤，怕红的火焰，野兽，怕和他们打架。正如胆汁能使许多人在睡梦中惊呼着黑熊，我还知道还有许多关于使人胆小的因素，不过我不用多谈这个问题了。我的好丈夫，你不是说过'梦不是真的'吗？

"你老先生哪，看天的面上，请你到栖木下面，请你吃一服泻药就好了。我相信你就会忘记这个恶梦的。我决不撒谎，我敢用我的生命和灵魂来保证。你且先把红黑胆汁肃清；恢复你原来勇敢的面目。就是城里没有药铺，我会想办法给你找到，只在这场地上我将找出那清上除下的药草来。请不要忘记，你的胆汁过多；你的心情才不舒畅的，当心那上升的太阳看见你身子里满了热的气汁。如果让太阳公公看见，你不会得到好结果的。他可能会让你发起大寒热来，或是不让你见到阳光，可以致你的命。在这些日子里，你只应吃一二条虫子的清淡饮食。然后再服些甘遂桂、龙胆草等清凉剂，地上新鲜长着的就啄来吃。为了你的安心，丈夫，请你放心，我的方法肯定有用，我没有什么可以多讲的了。"

"亲爱的夫人，"公鸡先生说，"你的学识好丰富呀。曾经有一位有名的克多先生，他的智能是有名的，他要求人们不做恶梦。还有多少比他更有权威的学者，他们著书立说，提出的意见跟他的完全不同。他们根据经验，他们认为梦暗示着人生的喜怒哀乐。尽有事实可以证明。

"一个大著作家的书上曾说，有一天两个人一起去虔诚朝圣。他们走到一座热闹的城市里，他们找了很久也没有找到可以休息的地方，连一所两人可以同住的草舍都没有。所以他们万般无奈，各自寻找住处。一个找到了一家牛棚，与耕牛同宿；另外的一个人却很幸运，住到很舒适的房子。你们看，没有人能逃脱命运的安排呢。

"天明以前很早的时候，这个人梦见自己的朋友在牛棚里喊救命：'哎哟，我今夜在牛棚里要被杀了。你赶快来救救我，抓紧时间，不然我就死了。'这个人被这场恶梦吓得一下子醒过来。他以为梦是不作准的，没有在意，转过身又继续睡懒觉。如此他梦了两次，直到第三次时，他的朋友对他说：'现在你看看，我这深而宽的伤痕，我的命早已升天，明天你起来后，到西城门口你会看见一辆装粪渣的车，车里装着我的尸体。你可以大胆挡住那辆车，为我报仇，我的金子断送了我的性命。如果我身上没有那么多金钱就不会没命了。'他又细述了一番他被杀的经过，他那苍白的脸实在吓人。后来他的同伴是证实了这场梦；因为他来到同伴的住处，喊着他的名字。

"那牛棚旁边的人说：'先生，你的同伴走了。天未亮，你的朋友就出了城。'这人心中生疑，想起他的梦，所以立刻追到城门，看见一辆粪车，喊道：'我的朋友昨天晚上被人杀死了，车上的形式正如你听见死者所讲的一般。你马上给我停车，不然我就不客气了。'居民都赶出来把粪车推翻，然后把粪渣拨开，中间发现了那被害者的尸首。

"祝福上天，真谢谢你了，你是如此公平合理，让我们知道那些杀人犯罪的事情的前因后果，你的确是帮了大忙。杀人太可怕了，是公正的上帝所不容隐藏的，我们就会勇敢地站出来，不畏强暴和他们作斗争的。那城中的官长马上捉住车夫和店主，并严刑拷问，他们立即招认了。

"由此可见梦是不能轻视的。因为它确实是有些令人意外。只是下一章里，两个人原来打算去海外，可惜起了逆风，他们只好停留在海湾旁边的城里；一天晚上，风转了方向，而且还是顺着他们的意愿吹，他们心中喜悦，马上睡觉，准备次晨一早起程。其中一个人在睡着时做了个怪梦，他觉得有一个人站在床边，好言劝他不要出海了，你若明天出行，准会被淹死。

"他醒来把这梦告诉他的同伴，但他的同伴死活不相信，尽量嘲笑了他一顿：'梦都是假的，不必害怕，我不能因此就搁下我的事来。你梦见的东西毫无道理。人们梦见枭、猴、和许多奇兽、怪物，这是很正常的，但这些都是虚幻的。但是你既想停留在此，那我就自己先走。'他于是独自启程而去。可不知何故，当他走了一半路程的时候，忽然船底破裂，船只突然沉了下去，旁边还有其他同行的船只目击当时的情景。所以，我亲爱的夫人，由于这些往事，千万不要小瞧了梦，我告诉你有许多梦是很可怕的。

"有一本叫《圣肯纳德传》的书记述他会做过一个梦；他是一个国王的后裔。一天在他被害的前一刻，他就梦见自己被人杀害了。他的保姆把那梦向他解释，叮嘱他千万注意自身的安全；但他才七岁，心地圣洁，根本不会对梦有什么看法。天哪，我愿牺牲我的一切，希望你能为我把那个奇怪的故事再现一遍。坡德洛特夫人，我说的是真心话，那位记述西比渥在非洲的一段奇事的作者马克罗倬阿斯也认定梦是事实的先兆。

"另外，我请你好好地读一下那本《旧约·但以理书》，且看他是否把梦当做空幻。再看看那个约瑟的事情，就知道梦有时是后来发生的事的先兆。埃及王法老先生和他的面包师和膳司，无论谁翻开哪个国的历史，都可读到梦的启示。那位曾为吕底亚的国王——克里萨斯先生，他不是梦见自己坐在树上，啊，赫克多的妻子德罗马克奉劝丈夫不要把梦当儿戏，她警告他无效，他仍旧出战，结果呢？还不是一命呜呼了。但那个故事讲来太长了，我讲得有点累了，我不想多费口舌。简言之，我做了这场梦必有灾难，至于那些什么灵丹妙药，我最恨泻药，因为我没有那个福分。

"现在我们谈些快乐的事吧，这些事先不要讨论了。有一点，夫人，我是愿得救的。如此的漂亮的夫人，我一切的恐惧都消失了；《福音书》里说得好，Mulier est hominis confusio（拉丁原意：红颜是男子之祸水）；夫人，这句拉丁文的原意就是：女子是男人的福乐所寄。我夜间得靠紧你的柔软的身旁，虽因栖竿太窄，我不能多多放肆，我已心满意足，那里远管得着什么梦幻呢!"

讲到这里，他从栖木上飞下了地，天已经大亮了，他的母鸡们都跟下来，他咋咋地召唤她们，因在场上找到了一粒谷，他好生高傲，怕惧已经冰释。在辰刻以前，他已扑了坡德洛特不下二十次。看那神气，脚尖提起，上下踱着大步；脚底不屑于落到地面，好似一只猛狮。找到一颗谷他就咯咯地叫，他的妻妾们都赶拢上去。我将暂时由他在场上，像帝王一般高傲，此刻且按下不提。

天地初创，上帝造人的三月已经度完，自月初以来，过了三十二天，腔得克立带着七位妻妾，踱着阔步，精神抖擞，太阳在金牛宫已转过了二十一度有余，他的眼睛仰视着太阳，天性告诉他已是辰正，根本不用下界的知识灌注，这时他兴高采烈，啼唱起来。"太阳已爬上了天庭四十一度有余，"他道，"坡德洛特夫人呀，我的世间幸福所在，你听那快乐的鸟歌唱，看那鲜花的怒放，我的心中充满了快乐!"

可是不测的灾祸突然降临了，因为老天爷明白，快乐的尽头稳是祸害。同时老天爷也知道，世间的幸福消失最快。一位著名的辞章家如果能把这些语句撰得精确一些，他尽可把这句话认做无上的真理，在史书上写出来永传不朽。世界的聪明人听着：这个故事是丝毫不假的，就如那本令妇女们所倾倒的《湖上郎斯洛武士》一样真切。现在我回到正题上来。

一只墨黑狐狸，奸诈成性，在林中整整住了三个年头之久。那天夜间，因着天兆，他悄悄地溜进了牧场，那里腔得克立和他的妻妾们常在转动。老狐狸静静地待在草堆里，直到午前，等候捕拿腔得克立，啊，那些可恶的作恶者，你老是躲着害人！啊，一个加略人犹大来了！又是一个叛害法国英雄罗兰的加纳伦来了啊，又出现了个希腊的奸细西异，竟把特罗亚城国毁灭了！实在太可恶了。啊，公鸡腔得克立先生，这天早晨你飞下栖木，难道你不知厄运正在你的头上发生吗？

这天的灾厄你已得有梦兆；但是天意不可违，书院中关于这个问题有过激烈的论辩，几乎有成千上万的人各持己见。我却不能像圣奥古斯丁等那样分析精微，究竟上帝的预见是否必然强制着我做一件事，即不可否认事情的真实性。

这些问题我不愿多提了；我说的这个公鸡的故事，请你们细听，他不明智地听了妻子们的"忠"言，虽已得了梦的启示，但早上还在牧场里四处乱逛。但我埋怨女子不知会得罪了何人，因为我是在讲故事。妇女的话是害人的；甜言蜜语最终使亚当离开了快乐而舒适的家园。请读讨论妇女的作家好了。这些话都是故事里面的公鸡所说，而不是我说的，我决不会凭空侮蔑女性的。

坡德洛特和她的姊妹们在日光下沙中沐浴，公鸡先生快乐地唱着《罪西洛格斯》。偶然间，惊觉得那狐狸躲藏在一边，虎视眈眈地看着他们，于是他无心再歌唱了，只是"咯咯"乱叫。天啊！今天怎么这么不幸，禽兽见到了仇敌，于是，腔得克立带着妻子们四处乱跑。

那只狐狸瞧见他们准备逃跑，立刻说道："尊贵的先生，你向那儿去呀！我是你的好朋友，我若存心戕害你或侮慢你，我也不会在这儿看你们做游戏了，老早把你们杀害了。我并非要来窥伺你，这次我是来此听你唱歌的，专门看你们做游戏的。你比波伊悉阿斯或任何音乐家都善于传情。我的主子，就是令尊，愿老天爷祝福他，让他一生幸福。承他们不弃，都驾临过敝舍，他为我唱歌、跳舞；我高兴而归。现在你先生，我也实在渴望得很。说到唱歌，我不得不说，除了你之外，我从未听过其他人像令尊在清早那样唱得出神入化，我愿意以我的眼睛作保证。的确，他所唱的曲调，无不从心头涌出。因为他唱歌时竭尽全力，两眼紧闭，伸长细颈。他的乐技超群。我从一本叫做《驴哥波儿传》里得知一只公鸡的事情，因为一个牧师的儿子在年幼无知的时候，等他长大以后，居然使他丧失了教职。可是跟你的前辈相比，你这只公鸡还差得远呢，令尊的智能和技能他是根本无从比拟的。现在我恳求你为我唱一首歌，且看你能赶得上令尊的本领不能？"

腔得克立先生被狐狸谄媚得通身发热，马上扑起两翅准备为他而唱。哪里还觉察得他的奸诈呢？官府里的大人先生们，你们官府内要有多少献媚附和的人，他们的甜言蜜语一定比老狐狸的话更加动听。请读《传道书》中关于谄媚的一段，肯定会识破他们的奸计的。腔得克立跷起脚跟，得意洋洋地闭上双眼，伸长颈子，放心大唱起来。这时老狐狸凶相毕露，一口咬住他的颈子，驮上背就向林中奔去。

命运是躲避不了的！可怜的腔得克立先生，他的妻竟没有理会梦的暗示！才导致了他的不幸。这件事发生在一个主凶的星期五。啊，人生的乐神，这位腔得克立既是你的侍役，给你带来多少快乐，为什么要在你这个日子使他遭受灾殃呢？啊，我的尊师，当你那高贵的理查王被人射死，你该是如何的悲哀，何其痛心啊。我何以没有你那文才，去咒骂这个可恶的星期五呢？他也是在星期五这天被杀的啊。如果我有一点文采，请倾听我为腔得克立先生所作的申诉。

的确，伊列厄姆陷落时，斐洛斯抓住了普莱漠王的胡子，把他杀死，如伊利特诗中所说的一样，全城的妇女哀号震天，但是那天的母鸡们的悲伤与其相比，有过之而无不及。见了腔得克立被劫时叫唤得那般厉害，无计可施，但是她们的哭声震动了世界。而坡德洛特夫人嚷得最响，绝对比以前那位哈斯狄巴的妻子丧偶时的哭声还强烈。她那时心痛欲狂，想自焚。啊，伤心的母鸡们，正如尼禄纵火烧罗马时，公侯遇难时，夫人们的哭声才比得上你们的叫嚷，因为尼禄杀的都是些无辜的人。

现在我重归原题。听到母鸡们的哀叫，这可怜的寡妇和她两个女儿马上赶出去。看着狐狸跑向树林去，背上驮着公鸡，她们便大声地喊道："快呀！救命呀！狐狸来了！快来啊！大家来捉这个狡猾的狐狸！"还有许多人也拿着棍子赶上去。看家的狗可儿、格郎和泰尔波，还有马尔金，手里拿着纺织杆，拼命地追赶着。以及母牛、小牛、猪豚都奔跑起来，这里的情境简直像看见了地狱里的野鬼一样那么疯狂；鸭子也嘎嘎叫着，似乎将被人屠戮。鹅儿吓得连忙飞到树上，以求自保。窝里的蜂群也拥出来了。当年约克·斯吉洛和党人追杀法兰德人时也决没有像这天追赶狐狸那样一半的咆哮。他们带着铜、木、骨头，他们吹着，吼着，似乎青天都要掉下来了。

列位请听：啊，命运的脸瞬时变换，她可以把仇人的希望和骄矜顿时打消。这位腔得克立公鸡先生，被迫趴在狐狸的背上，心中颤栗着向狐狸道，"亲爱的先生，如果我是你，上帝助我，我肯定对他们说，'快回去吧，你们这班无聊的村夫愚妇，我已经到家了，这公鸡将在居留了，变成我的口中美食！'"

"是的，就这样办。"狐狸答道。他正开口说那句话时，公鸡先生迅速地从他口中滑了出去，顷刻间飞上了树。狐狸眼睁睁地看着公鸡跑掉，又动起了歪脑筋，说道："呀，腔得克立啊！我不是想伤害你，请下来，让我使你明白真情，诚心诚意请你去为我唱歌跳舞的。我决不会对你撒谎。""可是，我诅咒你我两个人。"公鸡先生说道，"我先诅咒我自己，我已经上了你一次当，决不会再受骗第二次，你再不能用你的花言巧语使我闭着眼儿歌唱了，就等待我家的主人们来收拾你吧。因为一个人该睁眼看清楚的时候却闭上了眼，真该死，或许这是我的劫数吧。"

"的确，"狐狸道，"这起却是天意，上帝会相信我说的话绝非在撒谎。"

啊，疏忽怠慢，误信阿谀的人，得到这个下场罪有应得。但你若把这篇故事认为无稽之谈，就当作狐狸和公鸡及母鸡的故事来看好了，愿你务必摘取其中的教训。因为圣保罗讲过这么一段话：一切写作都是为教义而写作的；必须去伪存真，剔除糟粕。亲爱的上帝呀！希望你的意志如我的主教所指示的一样，使我们都做好教徒，引我们进入幸福的天堂！阿门。

女尼的教士的故事收场语

"教士先生，"我们的客店老板道，"祝福你的后腿，你为我们讲了这个那么好玩而动听的故事，非常感谢您。老实说，你如果是个教外的人，你肯定可以和那些奇人玩得很快活的。我看这位教士，一身好肌肉，还有多么壮实的胸膛！他两只眼儿看出来像捕雀鹰一样。肤色不用什么好的颜料去装饰，或葡萄牙红来染过了。祝你幸福快乐，教士先生，你讲了一篇好故事。"

　　然后便走出去找别的人讲故事去了。

伙食经理的故事

伙食经理的故事的开场白

　　人人都知道，在去坎特伯雷路上的白利恩林下，有一个小村庄，名字叫做"上下摆"。大家走到这里，我们的客店老板开始发表言论，说道，"怎么啦，各位，难道丘冈陷进了泥潭？难道就没有人肯做件善事，把落在后面的这个人叫醒一下吗？一个贼子很容易把他绑住，抢劫一顿。瞧啊，看他那样打着瞌睡！他像不像一个伦敦的厨师，他似乎马上就要坠下马来了，真要命，让他走出来，他该知道应得什么惩罚，让他来讲个故事，不管他是好是坏！醒来，厨师；上帝不饶你！大清早你就要睡了吗？是不是你一夜被跳蚤咬了，还是又同哪个女人幽会了，还是喝醉了？"

　　这位厨师脸色苍白，说："不知何故，我头里好重，上帝祝福我吧，即使有奇白赛街上的好酒一瓶也不中用。"

　　"喂，"伙食经理道，"为了你的好处，厨师先生，就先不要求你讲故事了；你脸上很苍白，眼睛无神，满嘴肯定是冒酸臭气，证明你身子不舒适；我是不会讲你什么好话的！看哪，这个醉汉！活似要吞掉我们。他妈的！闭着嘴，地狱里的魔鬼要跨进去了。滚开，臭猪！倒霉的家伙！你身上的臭气要把我们都熏坏了；当心这个壮汉。我看你那模样很可以去一显身手！想去特枪比武吗？你一定是喝了猴子酒，醉了就耍起猴拳来。"

　　厨师听了生起气来，向伙食经理直点头，一忽儿坠下了马，直到有人把他扶起来。厨师的骑马本领原来不过如此。大家费了很大的劲儿，过不少麻烦，才把他抬上马鞍。老板对伙食经理道："他喝醉了，所以他讲的故事也是会荒诞无稽的，他用鼻孔讲话，还要喘息不止，肯定是脑袋抽风了。他要化上相当的气力才能免得他的马把他带进泥潭，如果他再从马背上坠下来，我们又要化劲儿去抬他那具醉尸。只管讲你的故事吧，不过，伙食经理，你这样公然辱骂他，未免对他太不礼貌了，可是，我劝你提防着他点，万一他抓住了你的弱点，把你的糊涂账清算一下，你就会吃不消。"

伙食经理说："那倒真有些吃不消！如果他想让我吃亏，是很便当的事。我不再和他争吵了，我宁可赔他一匹马；我决不会再激怒他了。我刚才说的话，全当是开玩笑的。我这里有一壶酒，熟葡萄做的，你看吧，我可以把生命打赌，只要我一请，他是决不会推辞的。"

事实就是这样，尽管厨师已经喝得够多了，他倾壶灌了下去，他把酒喝干了，把酒壶还给了伙食经理，非常高兴，道谢不已。

客店老板高声大笑起来："天啊，好酒总该随身带着，到处都用得着，会消除误会。啊，酒神白格斯，愿你的名得福，你能变悲为喜。让我们来拜谢你的神力。好了，不废话了，伙食经理，我请你讲你的故事吧。"

"好的，先生，"他道，"现在请听我讲。"

由伙食经理所讲的乌鸦的故事开始了

当太阳神费白斯在地上居留的时候，古书所载，他是世上最新鲜活泼的青年武士，而且他的技术高超。一天派松蛇在阳光下睡觉，把它杀死了；此外他用弓箭立下的许多伟迹，在书上可以读到。

他能吹弹各种管弦乐器，他那嘹亮的歌喉更是令人神往。就是希白斯的国王恩菲洪，能够引动砖头筑起城墙，也还比不上费白斯一半的歌技。他又是创世以来惟一的美男子，除此之外，他又举止温雅，无人能抵上他。

　　费白斯是豪侠之花，勇敢地杀死了派松蛇，古书上说他手中永远带着一面弓。费白斯家里有一只乌鸦，喂在笼里已很久，全身雪白如同天鹅，它能学得像人一样讲话。唱歌也十分悦耳动听，夜莺没法和它比。

　　费白斯有一个妻子，他爱她爱得如命，时刻向她表示亲爱，可他的忌妒心很强。因此专心专意地防范着自己的情敌。可谁都知道，至于一个坏妻子，那是什么也拦不住的。我认为花费精力去防范妻子，实属蠢事一桩。

　　现在且继续讲我的故事。费白斯一心一意地讨妻子的欢心，自以为有他这样承欢，他是那么一表人材，温文而雅。可是，天知道，这件事是无从预测的，人的本性是无法勉强的。以一只鸟来做比，不会因为金制的、清洁舒适的笼子和适时的食物，还是万分随愿去吃它的虫，宁可在寒冷峻厉的树林中过它的生活。一只猫也不会因为乳酪、嫩肉和铺了锦绸的床榻，让一只鼠跑过墙角下，因为它要吃鼠的欲念盖过了一切。欲念就在这里控制了一切，嗜好战胜了理智。一只母狼也是天性最低贱的，当它想要找一个伴侣时，它可以收容一只最卑劣的、上不了台面的公狼。

　　这些譬喻我都是用来指不忠实的男子的，——并非指女子。因为男子们一旦淫欲横生，不论妻子如何年轻貌美，如何温存，他们也会找些比自己妻子卑劣的人。肉体总爱追求新奇，求乐的事老是不能和高贵的品德并行得太久。

　　费白斯确实没有料到任何意外，他的妻子在他的背后已准备了另一个人，而且这个人名望在他之下，满不是他的对手。这是经常发生的事，也是不幸之事，多少罪孽、多少愁烦。请你们宽恕我即将用下流的字眼——野男人。聪明的柏拉图说过，不妨翻开书一读，用词必须符合事实。我是一个粗汉，我只会这样讲，一个贵妇，如果这样讲，和一个穷家妇女是没有什么区别的，一个上等妇人可以被称为她情郎的意中人，而这里一个妇女，因为她穷，就可以被叫做他的姘妇。上帝知道，两种女子本质是一样的卑贱。

　　依我看，一个篡位的暴君和一个罪犯或流贼之间，是没有差别的。这个说法曾有人对亚历山大讲过：亡命徒只有一小队人马，作恶不多，于是人们就叫他为贼寇匪徒；暴君拥有权势，他可以吩咐他手下的人去杀人放火、镇压一切，因此，他就被尊为首领。不过，我不是一个读书人，所以我就不再说什么名言了，还是回到故事上来。

当费白斯的这个轻薄妻子叫了野情人来的时候，呆在笼子里的白乌鸦看得明明白白，可它却一言不发，等到费白斯回来后，乌鸦就唱，"奸妇——之夫！奸妇——之夫！"

"什么，乌鸦？"费白斯道。"乌鸦，你在唱什么？可是，这是一支什么歌曲呀？"

它道："天知道，我没有唱错。一个卑鄙的人蒙住了你的眼睛，你虽正直、俊美、高贵、善唱，并且看守得很紧，他比你差远了，与你相比，简直就像是一只小蚊虫，可我亲眼目睹他与你妻子厮混在一起。"乌鸦举出证据，毫不顾忌费白斯的感受，他听了好不刺心。

费白斯转过身去，心胆俱裂，拉起了弓，上了箭，射死了自己的妻子。在他悲愤之余，他还摔破了自己的乐器，竖琴和琵琶，他的弓箭也都折断。之后他对乌鸦说："叛徒，你那蝎子般的舌尖使我一时失去了理智，怪你这该死的乌鸦。我生何不幸！我亲爱的妻子，你一向是对我忠诚不变的，可你却被我射死了，我敢发誓，你是无辜的；是我错杀了你啊！啊，荒谬的猜疑，那识别的性能哪里去了？人们啊，在明白原委之前，不可随意下手，不可轻信浮言，不可不假思索，不可鲁莽从事。呀，许多人都因暴怒而闯了大祸，我悲痛之极，只求速死。"

"你这害人的东西，我要诅咒你，现在你将放弃你的歌喉，永远失去你周身的白羽毛，你将永远不能说话。这是对叛逆者的报复；你和你的后代将永远长着黑毛，永远发不出悦耳的声音，永远在风雨之前咶噪，这样来惩罚你是如何害我杀死自己妻子的。"

他上去擒住乌鸦，拔光了它周身的白羽毛，把它全身变黑，剥夺了它歌唱和讲话的权利，送给了魔鬼！从那以后，世上所有乌鸦都变为全身黑色了。

各位，我劝大家以此事为戒，一生中，不要对任何人说他的妻子红杏出墙，否则，他会恨你入骨的。贤者有言，所罗门先生诚人守口如瓶，而且我的老母亲一再告诫我说："我的儿子，上天是证，你千万不要忘记乌鸦的事！守住你的口舌就守住了你的朋友。人们碰到魔鬼还可祝福自己，使自己避开他的伤害，可怕的害人的舌尖比魔鬼还要恶毒。儿子，上帝特地在舌头外面筑起一排牙齿，一排嘴唇，为的就是让人们在开口之前三思。学者们说，而慎言的人就不会遭厄受害。儿子，老人们曾告诉我，如果只讲三句话就够了，那么多说一句话就会招致祸害。话多了，罪恶就跟着来了。儿子，除了你赞美上帝之外，否则无论何时都该约束你的舌尖。你应该学习的第一个美德就是管好你的舌头；孩子们都应自小学起。儿子，你知道一个卤莽的舌头是怎样动作的吗？就像一把快刀，可以割断人臂，也可以割断友谊。儿子，一个喋喋不休之人是对上帝犯罪的；你尽可去读聪明的所罗门、大卫的诗篇，读辛尼加。不要讲话，只要点头就够了。如果别人胡言乱语，你就装没听见。儿子，我看他就收不回他的话了，如果你不讲别人的坏话，你就不怕被人害；法兰德斯人有句名言：信不信由你，少说话可以多休息。我的儿子，当心，不要做传递消息的人，不管这消息的真假。你走到哪里，无论你地位是高是低，守住你的口舌，不要忘了乌鸦的故事。"

牧师的故事

牧师故事开场白

　　太阳已落下了南线，那倾斜度已超过了二十九度，那时我计算起来正是四点钟；我的身体约有六尺高，我身子的阴影倒有十一尺左右了。这时，伙食经理讲完了他的故事。天秤宫仍在继续推进，我们来到了一座村庄。因此我们的客店老板像往常一样对大家说："各位，我想我们的故事多多益善。我的裁判已告结束，我想我们所听到的故事，各式各样，妙趣横生，我的计划将近完成了。我求上帝，愿他祝福那讲得好故事的人。"他接着说："教士先生，你到底是教区牧师还是一个教士？讲老实话来！不管你是什么，现在，打开你的话匣子，让我们看看里面装些什么。"

　　牧师就答道："莫想我讲个虚构的事！我肯定讲不出来。保罗曾经给提摩太写信，责备那些脱离真道的人，他们讲的是荒谬的言语，没半点道理。要是我能撒种麦子，为什么要种糠？所以我说，如能留心听，我为了尊荣基督，那么我愿给你们讲一些中规中矩的故事。可是要知道，我是一个南方人，没有那铿锵的重音，我认为韵脚也是同样不好。因此我不善于讲故事。所以，你们若愿听，我就用散文讲一个有意味的故事，来结束这一天的谈笑佳话。愿耶稣赐我才能，为你们讲解一个名叫耶路撒冷天国之游的完美光明的故事。你们如果赞同，我就开始。我的记忆能力不是很好，不过我这篇默思录是该请学者更正的，我只能为你们讲明其中的中心，原谅我。所以我要说明我所讲的东西是需要有人指正的。"

牧师的故事开始

我们可爱的上帝，他不希望任何人死去，却愿我们都能知道他，永久的幸福生命，知道他，愿先知耶利米教导我们，"站在路上，访问古道；行于其间，妆心必安，"等等。……

（牧师所讲的一篇并非故事，而是教诲词，现把全篇内容概述如下：

上帝不愿任何人死亡，心灵有多条进入天堂的路。一条大路就是通过忏悔，来悔悟生前的罪恶，决心不再犯罪。忏悔之树以心中悔改为树根，口中认罪就是它的枝叶，它的果实就是圆满的境地。神恩就是这果实中的种子，种子中间发出灼热的神爱。

悔改是为了犯罪而心中忧伤。罪有轻重之分。轻罪是爱基督的热诚不够。重罪是爱众生甚于爱众生的创造者。轻罪也可造成重罪。骄矜就是七种重罪之一。

骄矜有多种不同的表现，傲慢、莽撞、夸耀、伪善、急躁、虚荣、顽固等都是骄矜的表现形式。骄矜有时是内向的，有时是外向的。外向的骄矜正如酒店的一块招牌，表明店中有酒窖。有时表现在过于隆重或过于单薄的衣装上，骄矜也可用行为动作来表现，好比把屁股突出，像母猴的下身，一个人表现骄矜往往摆足排场，宾客满堂却不干好事。先天的优越品质，或后天祖传的声望财富，都不是以向世人夸耀的资本，这些却只能增加你的罪恶。骄矜之罪惟有虚心自卑才可以补救。

第二是忌妒。忌妒就是幸灾乐祸。这是罪大恶极的，因为忌妒抗拒了一切善德，彻底违背了至高至善的圣灵。中伤与抱怨就是魔鬼的咒词。补救忌妒的惟一办法就是爱上帝，爱你的仇敌。

第三是恼怒。恼怒就是存心报复。注意一点，痛恨邪恶是正确的，这种急怒并不包藏祸心。突然的和预谋的恼怒都是两种不正当的恼怒，后者尤甚。预谋的恶念会把圣灵摒出于灵魂之外，这种恶念会住进魔鬼。于是你的灵魂成为魔鬼的熔炉，这炉中燃烧的是憎恨、残杀、诅咒、恫吓、倾轧、傲慢、阿谀、撒谎、叛逆。要克制恼怒惟有忍耐。

其次就是懒惰。懒惰是内心的苦恼，它使你躲避虔诚的祈祷，导致你行事迟钝、兴趣乏乏，把为善认做负担。它是内心的苦恼。补救之方就是要能坚苦耐劳。

再次就是贪婪。这是觊觎世上财物的淫欲，每一块钱币在每一个贪婪人的眼中都是偶像。由于贪婪，使人们付出苛捐杂税。贵族大户由于贪婪而强占奴隶，可是奴役有的是不朽的灵魂，贪婪还滋生了欺诈、买卖圣职、赌博、偷窃、妄作见证、亵渎神圣等等罪行。补救贪婪的良方就是仁恕与广泛的爱怜。

再有饮食过分。醉酒是埋葬人们理智的坟墓。节制饮食是良方。

最后是淫乱，淫乱与饮食过分是并行的。它有各种各样的表现方式，且是最严重的就是偷窃，它偷窃了肉体与灵魂，惟有贞洁与自克可以补救。

惟有贞洁与自克可以补救。认罪的时候必须诚诚恳恳。认罪应该先经考虑，不可轻率冒昧，应该常常认罪。

到达了圆满的境地，就必须经受肉体的磨难、布施、悔改和斋戒。）